www.ingramcontent.com/pod-product-compliance
Lightning Source LLC
LaVergne TN
LVHW091121150826
845673LV00002B/917

عالم زِيُولُوزِكْ

نورين ماجد محمد

صادر عن دار حكايتي للنشر والتوزيع

للتواصل: 01067495491

اسم الكتاب: عالم زيولوزك.

تأليف: نورين ماجد محمد.

الإخراج الفني: دينا شاهين.

تصميم الغلاف: برديس عز.

التدقيق اللغوي: إسراء الجمال.

رقم الإيداع: 2024/23122

الترقيم الدولي: 9789680941469

عالم زِيُولُوزِكْ

عالم زِيُولُوزِكْ

ZIYOLOZIC

إهداء

أُهدي هذه الكلمات الذهبية إلى أبي، وأكتبها على أسطر من زمرد، بحبر من فضة، من عقلٍ رشيق وروحٍ رفرفت إلى ربها.

أُهديها بدموعي لتصلك بالأطباق الفيحاء.

رحمة الله عليك يا أبي.

كما أُهدي خالص شكري ومحبتي إلى أمي التي ساعدتني وشجعتني.

أود أن أهديكِ بعض كلماتي المليئة بالحب:

أهديكِ أناشيد بزقزقة العصافير، يا تميمة صدري، ويا غذاء روحي.

أشكركِ من أعماق قلبي.

الشكر

أود أن أقدم خالص شكري إلى أخي وأختي لدعمهما لي في حياتي، ليس فقط في حياتي المهنية، بل أيضًا في حياتي العامة.

أقدّر لهما حبهما ودعمهما الصادق، وأقدم لهما شكري الخالص على وجودهما الدائم بجانبي.

في إحدى محافظات مصر، وتحديدًا في إحدى القرى، كان هناك منزل مليء بالبهجة والسعادة بمناسبة قدوم مولودتهم الأولى، التي أتت بعد معاناة دامت عشر سنوات.

المقدمة..

تبدأ الحكايات من قلب الظلام إلى أول شعاع أمل، من النور في هذا العالم الواسع حيث تتصارع الأحداث

والصور لتكون حكاية من الماضي إلى المستقبل، هنا تختفي خلف الستار أحداث لشعوب وحضارات قديمة، قد تكون أسطورة أو خيال يغطيها غبار السنين تتأمل كشف تلك العبر.

وكما قال أشرف عن النسيان" فقط "

هكذا نسونا كتاب الروايات نحن ذو الأعمار الصغيرة لا نجد ما نقرأه لأنه لا يوجد أحد يكتب ما نريده؛

لذا ها قد خرجت البطلة من بياتها لتكتب ما كانت تود قراءته في مدرسة big house كان هذا وقت انتقال الدفعة الأخيرة من المرحلة المتوسطة و كانت هذه الدفعة عبارة عن فصلين تنشد بينهما عداوة شديدة طوال السنين الماضية، ولكن اختلف الأمر حينما بدأ الطلاب بالاستعداد لاختبارات القبول لمدرستهم الثانوية و التي تدعي ب the world فقد بدأ الفصلين بمعاونة بعضهم في المذاكرة، وبدأ كل طالب يذاكر للآخر حتى استطاعوا جميعًا من دخول المدرسة، ولكن عندما دخلوا فوجئوا أنهم لن ينقسموا إلى فصلين؛ فجميع الطلاب تجمعوا في فصل واحد و عند معرفتهم بالأمر قرروا الاجتماع في مكتبة المدرسة؛ ليحددوا من سيتولى رئاسة الفصل و اقترحوا أن يقوموا بعمل انتخابات، ولكن لم تكن فكره جيدة لأن كل شخص قام بالترشيح لنفسه واشتدت بينهم العداوة ثانيةً، ولكن هذه المرة لم تكن تلك العداوة بين

الفصلين بل كانت بين كل طالب والآخر، وما زال العراك مستمر وقاطع عراكهم دخول معلم مادة العلوم الخاص بهم والمدعو بأشرف يقدم لهم طالبًا جديدًا انضم للمدرسة، ولكن هذا الطالب لم يتخرج من مدرسه big house ولكنه تخرج من مدرسة أخرى تدعى the town وبعد أن جلسوا معه علموا أن اسمه مالك فقرر الطلاب أن ينال مالك رئاسة الفصل حتى لا ينتشر بينهم الخلاف فهم كانوا يدرسون مع بعضهم مدة ٩ سنين، لا بد أن تكون علاقتهم ببعض قوية جدًّا وبالفعل نال مالك رئاسة الفصل، وحاول الطلاب معرفة معلومات أكثر عن مالك فلم يحصلوا إلا على معلومة واحدة فقط وهي أن ذلك الطالب غامض ووراءه قصة وماضٍ غامض، ثم قرروا أن يجلسوا مع بعضهم وأن يقرؤوا كتابًا واحدًا مشتركًا، وبالفعل طلبوا من مالك أن يختار لهم كتابًا واختار مالك كتابًا يتحدث عن العوالم الموازية وأسرار عن الدوامات الزمنية، لم يكن يهتم الطلاب لقراءة الكتاب ولكن اضطرارهم هو ما جعلهم يقرؤونه، بينما كان مالك مهتمًا جدًّا لقراءته ويوجد شخص آخر كان مهتمًا بقراءته وهي الطالبة مريم ومن المعروف عن مريم فتاة غامضة، صحيح أنها عاشرت أصدقائها مدة ٩ سنوات إلا أنهم لا يعرفون عن ماضيها أي شيء، وأكمل الطلاب قراءتهم ولكن لم يمر كل شيء بيسر فقد عادوا للعراك ثانيةً ولكن هذه المرة كان العراك بين مريم ومالك وبقية الفصل، وقد اختلفوا على وجود عوالم موازية، مالك ومريم متأكدين من ذلك أما باقي الفصل فلا يؤمنون بذلك وقاطع خلافهم معلمهم أشرف مدرس العلوم، وبادروا جميعًا بسؤاله عن العوالم الموازية فبادلهم قولًا: أنا لست متأكدًا ولكن يوجد أقوال من هذا القبيل.

وجلس يحكي لهم عن الخرافات القديمة، كان مالك ومريم مهتمان بحديثه وبالطبع أثر كلام المعلم في باقي التلاميذ فقرروا جميعًا التحري

في الأمر بمساعدة معلمهم، من صباح اليوم التالي ولم يرتح بال التلاميذ فكلهم يشغل بالهم أمر العوالم الأخرى، وفي صباح اليوم التالي استيقظ جميع التلاميذ واجتمعوا في المكتبة ومعهم معلمهم

وكان كل شيء على ما يرام في بال الجميع عدا بال مريم ومالك فهما كانا يستغربان لما المعلم أشرف يهتم لهذا الأمر، برغم أنه من الصعب أن تجد شخصًا معترفًا بهذه الأشياء ولكن قد يبدو أن هناك شخصية غامضة أخرى

وقبل أن يبدؤوا قراءتهم قرر مريم ومالك التحدث كل واحد مع الآخر عن المعلومات التي يعرفها عن هذه الأشياء، وفجأة وقعت مريم في كلامها وقالت أنها رأت دوامه تبتلع شخص من قبل، فسألها مالك عنه فاضطرت أن تحكي له سرها وبعد حكت سرها، حكى مالك لها أيضًا سره و من هنا اكتشف كلاهما أنهما لهما ماضٍ سيء مع الدوامات الزمنية وكلاهما يواجه مشكلة في الوقت الحالي بسبب هذه الدوامات؛ فقررا أن يقوما بمساعدة بعضهما ليحلا مشاكلهما،

وذهب كل منهما إلى المعلم أشرف ليتحدث معه على انفراد وسألوه إن كان يعلم شيء عن هذه العوالم فقال لهم: سأخبركم عن سري لكن لا تقولوا لأحد.

قال أشرف: أنا من عالم موازٍ اسمه ziyolozic وكنت أحاول أن أكشف لسكان عالمي أنه يوجد مخلوقات أخرى في عوالم أخرى و لم يصدقني أحد، وبعدها قمت بصنع دوامة زمنية ظلت موجودة مدة ٥ دقائق وجئت بها إلى هذا العالم، ولكن لسوء حظي لم أستطع أن أعود

قال أشرف: لماذا أنت مهتم بهذا يا مالك؟

مالك: لأنني أنا أيضًا لدي سر فأنا كنت أعترف بهذه الأشياء عندما كنت صغيرًا، وكانت أمي أيضًا تؤمن بها فهي عالمة فلك، و كانت كل يوم تحكي لي عن الدوامات الزمنية، وكانت تحاول إثبات وجودها على الأقل ولكنها لم تستطع،

وفي يوم من الأيام كنت جالسًا معها في الغرفة نشاهد فيلم المحقق كونان فذهبت للمطبخ لتحضر العصير وبعد مرور دقيقة من ذهابها ذهبت خلفها ولم أجدها وحتى الآن لا أجد لها أثر،

لم تتوقف الألسنة عن التحدث عنها يوجد من قال أنها غير مسؤولة بعد وفاة زوجها رحلت وتركت ابنها، ويوجد أقوال أخرى كثيرة ولولا أنني تركتها قبلها بدقيقة لكنت صدقت أقوالهم.

مالك: ولكن أنا موقن أنها على قيد الحياة وقد ابتلعتها دوامة من الدوامات.

وفجأة تغيرت ملامح وجه أشرف و نظر إلى مالك وقال له: هل تتذكر اليوم الذي اختفت به أمك؟

مالك: أجل إنه اليوم التاسع من شهر سبتمبر وخاصة الساعة الثالثة.

أشرف: أظنني أعرف سبب اختفائها،

عندما قمت بصنع دوامة نفتني من عالمي بقوة نحو عالمكم، وصنعت في نفس الوقت بوابة تجذب أحد من عالمكم إلى عالمي وأظن أن هذا الشخص كان والدتك،

أعدك أن أعيد لك أمك،

وأنتِ يا مريم هل لديك سر؟

قالت مريم في تردد وملامح وجهها متغيرة: لا ليس لدي.

فاستغرب مالك لكلامها لأنه يعلم سرها ولا يعلم لما قامت مريم بالكذب على أشرف،

واستأذن أشرف ورحل وبادر مالك بالكلام مع مريم يسألها عن سبب كذبها

قالت مريم: أنا أظن أن أشرف والدي.

قال مالك باستهزاء: تظنين ألست متأكدة؟ كيف لا تعرفين شكل والدك؟

قالت مريم: عن ماذا تتحدث ألا تعلم أن الأعمار والأشكال تتغير من عالم لآخر؟

قال مالك في صدمة: إن كان هذا صحيح فكيف سأعرف أمي في عالمكم؟

مريم: لا لقد فهمتني بشكل خاطئ لأنه من ينتقل من عالمنا إلى عالمكم يتغير شكله أما من ينتقل من عالمكم لعالمنا فإنه يصغر سنه.

مالك: أي أننا إن ذهبنا الى عالمكم فسنعود إلى المرحلة المتوسطة ثانيةً؟

مريم: بحقك نحن نتحدث في موضوع مهم وأنت كل ما تفكر فيه هو أنك ستعود إلى المرحلة المتوسطة! أوووف يا لك من أحمق،

أه ونسيت أن أخبرك أنه لكل عالم شيء معين يميزه فمثلًا من ينتقل من عالمنا إلى عالم آخر مثلًا غير عالمكم فإنه يتغير به شيء وليست كل الخواص متشابهة.

نادى أشرف الطلاب بأن يجتمعوا في مكان واحد وقال: يقال أنه هناك كتاب سحري إذا وجدناه سوف نسافر في دوامة زمنية.

ولكنه كان يقول لهم هكذا حتى يشغلهم ويذهب هو ومالك ومريم إلى المعمل ويحاولون أن يصنعوا الدوامة.

فقالت مريم و في صوتها نبرة من الحزن: لما يا معلم لم تصنع هذه الدوامة منذ زمن وتعود إلى عائلتك؟

قال أشرف: لأنه كان يجب عليَّ أن أصنعها في نفس التاريخ الذي صنعتها به المرة الماضية.

مريم: أوه كيف نسيت أن اليوم التاسع من سبتمبر.

مالك: يا معلم هل هذه أول سنة لك في عالمنا؟

أشرف: لا ولكن يوجد خصائص معينة لليوم الذي أصنع به الدوامة، مثل أن يكون يوم من أيام الشتاء، وأن يكون في السنة التاسعة بعد صنع الدوامة الأولى.

مالك: ولكن يا معلم على ما أظن أنها السنة العاشرة وليست التاسعة.

أشرف: حدثت ظروف منعتني من صنع الدوامة في السنة الماضية لأني تعرضت لحادث في نهاية شهر أغسطس وحجزت في المشفى طوال شهر سبتمبر.

مالك: و هل يمكننا حقًا يا معلم صنع الدوامة بعد ميعادها؟

أشرف: لا ولكن تواصلت مع العالم الأم الذي يعيش فيه جميع حكام العوالم وهم أخبروني عن قواعد فتح الدوامات بعد ميعادها.

مالك: إن كنت تحاول إقناع سكان عالمك أنه يوجد عوالم أخرى و كل حكام العوالم يعرفون بهذا السر، فلماذا لم يخبروا السكان؟

أشرف: لأن هذا هو سرهم هل تظنهم

أعطوني قواعد فتح الدوامة بعد ميعادها مجانًا؟

مالك: ماذا تقصد؟.

أشرف: أنا أقصد أنهم أعطوني خدمة مقابل أن أحفظ سرهم.

مالك: ولكن كيف عرفت هذا السر يا معلم؟

أشرف: أنسيت يا فتى أن معلمك عالم خبير؟

مالك: لا بالطبع.

وما زالت مريم شاردة مع نفسها وهي في حيرة

حتى أن أشرف ومالك لاحظوا هذا،

وبعد مرور ساعة كاملة نجحوا أخيرًا في فتح الدوامة ولكن لم يستطيعوا المرور لأن الساعة كانت الواحدة،

ويجب عليهم المرور في الساعة الثالثة فاضطروا الانتظار حتى الساعة الثالثة، ولكن السؤال هو هل ستظل الدوامة مفتوحة حتى الساعة الثالثة؟

حاول أشرف أن يحافظ عليها مفتوحة حتى الساعة الثالثة وبالفعل نجح أشرف في ذلك، غاب أشرف ومريم و مالك ولاحظ الطلاب ذلك فاقترح ولد يدعى حازم الذهاب والبحث عنهم

الآن الساعة الثانية وخمسة وخمسون دقيقة.

أشرف: استعدوا يا أولاد فقد تبقى خمس دقائق.

ثم قالت مريم: أنا أشعر بالتوتر سأخرج إلى الممر.

أشرف: حسنًا ولكن لا تتأخري إن تأخرتِ فسندخل من دونك.

مريم: حسنًا.

مالك و هو يتحدث مع نفسه في صمت: هل أتحدث مع أشرف بخصوص مريم؟

لا ستحزن إن فعلت ذلك دون إخبارها.

وأخذ القرار في نفسه وكان القرار هو أن يتحدث أولًا مع مريم، وبالفعل خرج مالك لمريم وسألها إن كانت تواجه أي مشكلة ليساعدها.

مريم: لا أواجه أي مشكلة.

مالك: لقد قمنا بوعد بعضنا لبعض إن كان أحدنا يواجه أي مشكلة فعلينا أن نساعده.

مريم: أخاف أن أنتقل إلى العالم ويكتشف أشرف أني ابنته.

مالك: وما المشكلة؟

قالت مريم والدموع تملأ عينيها: لا أود رؤيته فهو لا يفكر بي.

مالك: لماذا تقولين هذا لقد فسَّر سبب غيابه؟

مريم: أنت لا تفهم شيء يا مالك فأبي فضل أن يثبت للناس مدى علمه على حساب عائلته؛ فأبي دخل إلى الدوامة رغم أنه يعلم أنه قد لا يعود.

مالك صامت لا يستطيع التبرير لأشرف فموقفه لا يبرر واستأذن من مريم، عاد إلى أشرف وقد تبقى دقيقتان فقرر مالك أن يتحدث مع أشرف بخصوص مريم.

مالك: أود أن أسألك عن شيء، هل لديك أي أبناء؟

أشرف: أجل لديَّ فتاة تدعى مريم.

مالك: بالضبط هذا ما أودك أن تدركه.

أشرف: ماذا تقصد؟

ثم أدرك أشرف ما يقصده مالك،

فسأل مالك وقال له: هل أنت متأكد مما تقول؟

مالك: أجل.

ثم حكى له مالك عن الأمر من بدايته حتى نهايته وحتى حدَّثه عن مشاعر مريم وسرها،

أشرف الآن في صدمة لأنه لم يكن يعرف أن مريم هي ابنته ولم يكن يعرف أيضًا مشاعرها تجاهه،

طلب مالك من أشرف أن يذهب ويتحدث مع مريم بطريقة غير مباشرة ويبرر سبب غيابه عنها،

ذهب أشرف لمريم وقال: أتعلمين أن لديَّ ابنة اسمها مريم وهي فيها بعض من صفاتك، أه كم اشتقت لها.

مريم: أوه حقًا؟ وهل اشتياقك هذا من قلبك؟

أشرف: أجل ولكن أنا كنت أبحث عنها طوال هذه السنوات هنا في هذا العالم لأني أظن أنها مرت من نفس البوابة التي فتحتها،

مريم إن كنت أنت ابنتي فأريحي بالي المشغول.

قالت مريم والدموع تملأ عينيها: أبي أنا أحبك.

وعاد مريم وأشرف إلى المعمل،

قال أشرف لمالك: أرأيت لقد أصلحت كل ما كنت تقلق منه.

مريم بغضب: ماذا أنت يا مالك من أخبرته؟ أي لم تكتشف هذا بنفسك؟

مالك: أنتم الفتيات مشاعركم مختلطة كم هذا غريب وخصوصًا أنت يا مريم لديك انفصام غريب في شخصيتك.

مريم: حقًا انظروا من يتحدث.

أشرف: هيا استعدوا سوف ننطلق.

وفي لحظة استعدادهم للدخول إذ بحازم وباقي الطلاب يدخلون إلى المعمل ويرون الدوامة.

حازم: ماذا أكنتم تكذبون علينا؟

أشرف: حسنًا لا تعاتبنا الآن عاتبنا فيما بعد وهيا تعالوا قبل أن تغلق الدوامة.

وبالفعل دخلوا جميعًا إلى الدوامة ودار العراك ثانيةً لأن حازم وباقي الطلاب يظنون أن أشرف ومالك ومريم كانوا سيذهبون من دونهم،

حسنًا هم حقًا كانوا سيذهبون من دونهم

دعونا نستر سرهم، ونترك كل شيء إلى أوانه.

أشرف: عن ماذا تتحدثون؟ كنا سنفتح الدوامة أولًا ثم سنناديكم.

ثم اقتنع الطلاب وفي هذه الفترة قد زادت صلة الصداقة بين مالك ومريم،

واستغرب الطلاب من طريقة تعامل مريم ومالك فقد تغيرا وبدأت الأفكار تتردد في عقل حازم

مثل: يوجد سر غامض وراء المعلم أشرف ومالك ومريم، ويبدو أنه يوجد عدو لمالك وأشرف ومريم، وها قد عمَّ الصمت المكان وطلب الطلاب من أشرف أن يشرح لهم إلى أين هم ذاهبون.

أشرف: نحن ذاهبون إلى عالم موازي اسمه ziyolozic

أحد الطلاب: هل حقًا العوالم الموازية موجودة؟

أشرف: أجل.

الطلاب: حدثنا أكثر يا معلم.

حازم بصوتٍ عالٍ: ماذا أأنتم أغبياء؟

إنها مؤامرة ضدكم ألا ترون أنهم فريق واحد؟

ثم بدا الطلاب بالهيجان

وانقصموا إلى فريقين،

الفريق الأول يقول أن حازم على حق،

والفريق الآخر يقول أن أشرف و مالك ومريم على حق،

بدأ أشرف يبرر لهم ما حدث له ويحكي لهم عما حدث.

أشرف: حسنًا سأحكي لكم كل شيء..

و في الوقت الذي كاد أشرف به بالتحدث انقسمت البوابة إلى ثلاثة أقسام وكل قسم قام بجذب مجموعة من الثلاث مجموعات،

المجموعة الأولى كانت مريم وبعض الطلاب،

و المجموعة الثانية كانت حازم و مالك وباقي الطلاب، وأما البوابة الثالثة جذبت أشرف فقط،

أشرف يفكر كيف حدث هذا وتوصل إلى أن المواد التي وضعها أشرف ليحافظ على الدوامة مفتوحة كان لها آثار جانبية،

وتنتقل بنا الأحداث إلى

العالم الأم وجميع الحكام غاضبون لأن سرهم مع أشرف فأطلقوا فرق للبحث عن أشرف في كل العوالم؛ لأنهم كانوا يعلمون أنه يسأل عن قواعد فتح البوابات بعد ميعادها لأنه يود أن يسافر بالبوابة ولكن هم لا يعلمون إلى أي عالم يود أن يسافر إليه، ولكنهم لم يكونوا يعلموا أنه حتمًا في طريقه إليهم لأن البوابة التي جذبت أشرف أخذته إلى العالم

الأم، أما البوابة التي جذبت مريم وبعض الطلاب أخذتهم إلى عالم ziyolozic

أما البوابة التي جذبت مالك وحازم وباقي الطلاب فقد جذبتهم إلى عالم آخر يدعى silverware وسوف نعرف قصة هذا العالم في ما بعد.

أشرف داخل البوابة: يا ترى ماذا حل بالطلاب؟ كل ما أعرفه عنهم هو أن مالك و حازم وبعض الطلاب سُحِبُوا إلى بوابة واحدة، حتى أنا لا أعرف إلى أي عالم ذهبوا، وأعلم أيضًا أن مريم وباقي الطلاب ذهبوا إلى بوابة واحدة وعلى الأرجح فإن أحد المجموعتين ذاهب إلى عالم ziyolozic

وظل أشرف مشغول البال لأنه يعلم أن مالك وحازم لن يتفقا.

وتنتقل بنا الأحداث إلى مريم ومجموعتها من الطلاب عندما وصلوا إلى عالم ziyolozic

كانت الأنظار كلها على مريم فقد تغير شكلها؛ فاستغربت مريم نظراتهم

وبعدها أدركت أنهم ما زالوا لا يعلمون شيئًا، وبدأت تحكي لهم عن قصتها وحتى حكت لهم عن سر مالك وعن أشرف، وبعدها علق ولد يدعى شريف عن كلامها وقال: أي نحن الآن في المرحلة المتوسطة وأنتِ الآن يا مريم أكبر منا بسنة!

مريم: أنتم الأولاد لا تفكرون إلا بتفاهات.

شريف: أجل تتحدثين مثل الكبار فأنتِ أكبر منا الآن.

فتاة تدعى مي: والآن ماذا سنفعل؟

مريم: أولًا سنذهب إلى مختبر أبي.

وقبل أن نذهب إلى مختبر أشرف دعونا أولًا نرى ماذا حدث مع مالك و حازم وكما قلنا أن لكل عالم شيء يميزه وما يميز عالم silverware

هو أن من يدخل هذا العالم إن كذب كذبة ستتحول لون بشرته إلى الوردي كان هذا العالم من العوالم المميزة.

مالك: والآن ماذا سنفعل؟

حازم: افعل ما كنت ستفعله عندما تأتي إلى هنا وحدك من دوننا.

مالك: قلت لك من قبل كنا سنناديكم.

و فجأة تحول لون بشرة مالك إلى الوردي.

حازم: أيها الكاذب الجميع يعلم ما يحدث لقد كنتم مشبوهين في الفترة الأخيرة.

وقال حازم باستهزاء: يا ترى ماذا حل ببشرة الصغير؟

وهنا وقف طالب يدعى كريم وهو قلق على مالك يظنه حدث له شيء.

ولكن قال مالك له: لا تقلق فأنا أعلم ما حدث

كل ما حدث يا رفاق هو أننا كنا سنذهب إلى عالم ziyolozic للبحث عن أمي هناك أنا والمعلم أشرف ومريم ستعود إلى موطنها هناك، والمعلم أشرف والذي هو والد مريم كان سيساعدني في ذلك، لم يكن

من الداعي أن تورطوا أنفسكم في شيء كهذا، وإن كنتم قلقين مما حدث فأنا أظن أن هذا ما يميز هذا العالم على ما أظن أن من يكذب هنا فإن لون بشرته يتحول إلى الوردي، ولكن أنا لا أعرف متى سينتهي مفعول ذلك.

وحكى لهم مالك عن كل شيء،

عاد حازم إلى السخرية من مالك ثانية: أنت اعترفت على نفسك أنك كاذب.

وأوقف حديثه الطالب الذي يدعى كريم:

و ماذا سنفعل الآن؟

مالك: سنذهب إلى الشابكة.

وقبل أن نذهب إلى الشابكة دعونا أولًا نرى ماذا حدث مع أشرف،

بالطبع تغير شكل أشرف وعاد إلى شكله الطبيعي.

أشرف: يا إلـٰهي أنا الآن في العالم الأم.

وفجأة رأى رجلًا يجري بسرعة ويقول له اهرب،

وجرى أشرف وراءه

ثم تقابلا في مكان واختبآ فقال له الرجل والذي كان يدعى إيهاب: يا سيدي عندما رأيتك بدا صوت في رأسي يقول لي أنك من عالم آخر.

أشرف: أجل إن هذا ما يحدث لمن يأتي إلى هذا العالم، ما الذي حدث معك ولماذا يجرون وراءك؟

إيهاب: لحظة ماذا تقصد بأن هذا ما يحدث لمن يأتي إلى هذا العالم؟

أشرف: أقصد أن من مميزات هذا العالم الشعور بأي دخيل غير الحكام،

ثم إنك لم تخبرني عن أي شيء عنك ولم ترد على سؤالي.

إيهاب: ماذا أنا في عالم آخر؟ أيوجد شيء اسمه عوالم أخرى؟ إنها مجرد خرافات.

أشرف: لا بل يوجد عوالم أخرى والآن أجبني عن سؤالي.

إيهاب: حسنًا بالرغم من أني لم أفهم شيء ولكن أنا اسمي إيهاب و كنت نائمًا على سريري،

وفجأة وجدت أحدًا يسحبني من قدمي فظننتها أمي تريد غطائي؛

لتقوم بتنظيفه فتمسكت بالغطاء جيدًا إذ بي أسحب إلى هنا أنا وغطائي وأمامي أناس يجتمعون في مكان واحد فخفت،

وقال أحدهم لي بنبرة صوت حادة: فكرنا جيدًا يا أشرف في مكافأة جيدة لك وهي الإعدام ومهما بررت لهم أن اسمي ليس أشرف لا يصدقون؛ فهربت منهم، اسمع أنا خائف.

أشرف: لا تخف سأبحث عن وسيلة للهرب.

إيهاب: أنا لست خائف منهم أنا خائف من أمي إن عُدت لها من دون الغطاء سوف تقتلني.

أشرف: أن تُقتل من أمك بسبب أفضل من أن تُقتل من أناس آخرين ومن دون سبب.

إيهاب: اسمع يا هذا أنا لا أود أن أقتل.

أشرف: أولًا أنا اسمي أشرف.

إيهاب: وثانيًا؟

أشرف: وثانيًا إن لم تصمت سأتركك

هنا مع غطائك ليقتلوك ثم سأذهب وأخبر أمك أنك هربت بالغطاء وبعدها قفزت من على قمة الجبل، وسأجعلها تطاردك في أحلامك وتقتلك للمرة الثانية.

إيهاب: حسنًا سأصمت ولكن ماذا سنفعل؟

أشرف: نحن ذاهبون إلى غطائك.

عند مجتمع العوالم

ونغلق الصفحة المشتركة على خير ليكون لكل مجموعة صفحة منفردة ولكل مجموعة مغامرة منفردة،

ولنبدأ الصفح الجديدة ب ماذا سنفعل نحن ذاهبون إلى...

لنرجع إلى مريم هي ورفاقها عندما وصلوا إلى مختبر أشرف وبدأت مريم تبحث في الأمر، و قاطع بحثها دخول فرقة تابعة للحاكم يبحثون عن أشرف وكانت خطتهم لوجوده أخذ ابنته كرهينة،

التلاميذ ومريم هربوا ولم يتوصلوا إلى أي شيء سوى موقع أشرف بسبب جهاز التتبع الذي كان في مختبر أشرف، والآن قرر التلاميذ

الذهاب إلى أحد أقارب مريم وهي عمتها إسراء والتي كانت تظن أن مريم ووالدها قتلوا، وسرقت جثثهم لأنهم اختفوا فجأة دون سبب

والآن تتردد أفكار كثيرة في عقل مريم بعد وصولها إلى منزل عمتها، والتي قابلتها مقابلة الاشتياق والصدمة وبعد أن شرحت لها مريم كل شيء جلست لتجاوب على أسئلتها.

مريم في نفسها:

إن كان والدها في العالم الأم إذن لما لم يشعروا بوجود دخيل؟

و في نفس الوقت التي تتساءل به مريم كانت كل الأجوبة تتردد في أفكار والدها يبدو أن أشرف وجد كل الإجابات،

قال أشرف لإيهاب: أنا أعلم الآن ماذا حدث،

يبدو أنهم أرسلوا بعثات للبحث عني في كل العوالم ولم يتوقعوا دخولي إلى هنا، ولكن أظن أنهم يبحثون الآن عني في كل مكان.

إيهاب: حسنًا وأنا ما ذنب غطائي؟

أشرف: غطاؤك ذنبه أنه غطاؤك، يبدو أنه ارتاح منك ومن أمك التي بدأت أخاف منها من كثرة حديثك عنها، وبما أن حكام العوالم علموا أنه يوجد دخيل آخر في عالمهم وكان ظنهم أنه أشرف فقد أوشكوا على تصديق تبرير إيهاب لموقفه.

إيهاب: لقد تراكمت الأفكار في رأسي.

أشرف: دعنا نضع خطة أولًا ثم ستفهم مع التنفيذ،

أولًا دعنا نذهب إلى مجتمع الأمم.

إيهاب: وما هو مجتمع الأمم؟

أشرف: هو المكان الذي يتجمع به الحكام، المكان الذي يتواجد به غطاؤك.

إيهاب: أه أنت تقصد المكان الذي ظهرت به في البداية.

أشرف: أجل إنه هو،

وبعدها سنذهب إلى مكان فتح البوابات بعد المرور من الغابة الحلزونية ثم مقر peeper ثم سنذهب إلى مقر فتح الدوامات فالخروج من هذا العالم أمر سهل،

عندما سيصل إلى هذا المقر سيجد كل دوامات العوالم مفتوحة وكل دوامة مكتوب عليها اسم العالم الذي توصل إليه.

إيهاب بعد شرح الخطة: حسنًا ولكن أهذه الأماكن خطيرة؟

أشرف: لا يوجد شيء خطير في هذا العالم سوى الحكام و الفرق التي تبحث عنا الآن في كل العوالم.

إيهاب: لكن كيف سننفذ خطتنا وهم يبحثون عنا في كل مكان؟

أشرف: ما زلت أفكر سنحاول أن نتسلل.

إيهاب: أنا لا أتسلل يا عزيزي أنا رجل صريح.

أشرف: حسنًا اذهب وصارح أمك أنك أضعت الغطاء.

إيهاب: حسنًا سأذهب معك.

وانطلق أشرف و إيهاب نحو الغابة الحلزونية،

وبينها هما يتسللان للوصول إلى الغابة الحلزونية كان يراجع أشرف الخطة مع إيهاب؛ لأن أشرف كان يشعر أنه سيحدث شيء ما،

كان يشعر أشرف أن إيهاب سيكمل وحده الخطة لأنه معرض أن يُقبض عليه في أي وقت.

فقال أشرف لإيهاب: إن حدث لي أي شيء فأكمل أنت الخطة ولا تحاول إنقاذي فقط اهرب ولا تقلق فقد شرحت لك كل التفاصيل وأعطيتك نسخة من الخريطة التي رسمتها،

وأهم من ذلك حاول الوصول إلى الطلاب في عالم ziyolozic ثم اذهب إلى مختبري وستجد هناك جهاز تتبع ومنه ستستطيع وجود مكان باقي الطلاب.

إيهاب: تتحدث وكأنك متأكد من أنهم سيقبضون عليك.

أشرف: يجب أن نضع احتمالات لكل شيء. وشرح أشرف لإيهاب كل شيء.

إيهاب: إذًا لو وضعنا احتمال اعتقالك وأنا نفذت الخط التي قلت لي عنها ماذا سيحدث لك بعدها؟

أشرف: بعد أن تجمع جميع الطلاب في عالم ziyolozic وتنقذ والدة مالك ستذهب إلى شخص يدعى هشام وستقول له أني من أرسلتك، واطلب منه أن يقوم بالاتصال على مدرسة the world الموجودة في عالم magic وستقول لهم أن أشرف والطلاب ذهبوا لاستكشاف

الحيوانات الغريبة والنادرة في الغابة الاستوائية حتى لا يقلقوا علينا وليطمئن أولياء الأمور.

وهنا يا سادة سنتوقف عند اسم magic إنه اسم العالم الذي ولد فيه مالك والذي بدأت فيه قصتنا والآن سنكمل..

إيهاب: حسنًا ولكن ستقتلني أمي إن تأخرت أنا والغطاء.

أشرف: أتذكر عندما قلت لك أنه لكل عالم شيء يميزه ما هو الشيء الموجود في عالمكم وليس موجود في هذا العالم؟

إيهاب: نحن في عالمنا من يكذب تتحول بشرته إلى اللون الوردي.

أشرف: إذن أنت من عالم silverware

لا تنسى أن تخبره بأن يتصل على أمك وقل له رقم هاتفك واسم عالمك.

إيهاب: حسنًا لما لا أتصل أنا على أمي؟

أشرف: هل تحفظ رقم عالم silverware؟

إيهاب: لا.

أشرف: هشام هذا هو نائبي وهو الذي يحفظ أرقام العوالم.

إيهاب: ولكن ما زلت بعد لم تقل لي ماذا سيحدث لك بعدها؟

أشرف: ثم حاولوا إنقاذي إن كنت على قيد الحياة.

إيهاب: و لما المحاولة؟ لنريح أنفسنا بعد تنفيذ هذا كله ونتركك كي تعدم،

اسمع يا أشرف أنا أحتاجك فأنا لا أعرف شيء في العوالم التي سأذهب إليها.

أشرف: اسمع لا تأبه لشيء فقط ستذهب إلى عالم ziyolozic

وتذهب إلى مختبري و ستجد كل شيء تحتاجه هناك،

ومن حسن حظك أن السفر عبر العوالم في هذا العالم سهل أي لا يوجد قواعد أو أي خلل في النظام،

عدني أن تنقذ الطلاب وتعيدهم إلى أهلهم سالمين.

إيهاب: أعدك،

وماذا عنك؟

أشرف: أنا لست مهمًا المهم أن أعيد الطلاب إلى أهلهم وأن أفي بوعدي لمالك وأعيد له أمه.

ثم تذكر أشرف في نفسه ابنته مريم والتي كان يشتاق إليها ويود أن يعوضها عما فاتها منه،

ثم بدأت تتالى دموع أشرف والذي كان يحاول أن يخفي حزنه،

كان أشرف حزين لأنه قد لا يستطيع أن يرى ابنته بعد اليوم ولكنه كان لديه أمل ولاحظ إيهاب دموع أشرف وحزنه.

إيهاب: ما بك يا أشرف أتواجه أي مشكلة؟ أأنت حزين لأني قلت أننا سنتركك لتعدم؟

حسنًا يا صاح لا تحزن لن تعتقل أبدًا سوف أحميك.

أشرف الآن يحتاج أن يتحدث إلى أحد ولا خيار أمامه إلا أن يتحدث إلى إيهاب.

أشرف: أنا فقط حزين لأني قد لا أستطيع أن أراها بعد الآن.

إيهاب: ومن هي تلك التي تتحدث عنها؟

أشرف: إنها ابنتي مريم فأنا لاحظت أن مريم ما زالت حزينة لأني لم أكن معها طوال تلك السنين.

إيهاب: ألم تقل أنك صارحتها وقلت لها الحقيقة؟

أشرف: نوعًا ما.

إيهاب: ماذا تقصد بنوعٍ ما؟

أشرف: الجميع يعلم أنني كنت أحاول فتح البوابة منذ زمن ولم أكن أعرف أن البوابة عندما ستفتح ستجذبني بقوة لم أدخل بإرادتي ولكن مريم ابنتي وهي صغيرة دخلت خلفي إلى البوابة بنفسها دون أن تجذب بقوة، لكنها لا تعلم أن البوابة تكتفي بجذب شخص واحد وأما من يدخل بعد ذلك الشخص فهو يدخل بإرادته وكانت تظن أن ما حدث معها هو نفس ما حدث معي، تظن أني دخلت إلى البوابة بإرادتي وتركتها.

إيهاب: لحظة إن كانت ابنتك دخلت معك إلى البوابة نفسها لماذا لم ترها حين خرجت؟

أشرف: لأنها دخلت بعدي بدقيقتين.

إيهاب: وما المشكلة في هذا؟

أشرف: إن كانت مريم دخلت معي في نفس الوقت لكانت معي في نفس المكان، أما إن كانت دخلت بعدي بدقيقتين أو ثلاثة إذًا سوف تأتي معي إلى نفس العالم ولكن بمكان مختلف عن الذي جذبت إليه.

إيهاب: وماذا سيحدث حين تدخل بعدك بأربعة دقائق أو أكثر؟

أشرف: لقد بقيت البوابة مفتوحة خمس دقائق فقط.

إيهاب: إن كانت البوابة بقيت مفتوحة خمس دقائق إذن لما لم ترجع إلى ابنتك؟

أشرف: تبقى البوابة مفتوحة في العالم الذي تفتحه فيها فقط.

إيهاب: دعني أتخيل أنني أنا من فتحت البوابة ودخلت وجاءت أمي بعدي أوف ستكون نهايتنا.

أشرف: إن كانت أمك جاءت لشعرنا بوجود دخيل.

إيهاب: لا يا أشرف لن أسمح لك بأن تقول على أمي دخيل.

أشرف: إيهاب أتستطيع أن تصمت أنا المخطئ لأني قررت أن أتحدث معك.

إيهاب: حسنًا سأصمت.

والآن سوف تنتقل بنا الأحداث إلى مالك وحازم وباقي الطلاب، اختفى مفعول اللون الذي تحولت له بشرة مالك بعد مرور دقيقة، هم الآن

تائهون ولا يعرفون أحد وقرروا الطرق على أحد أبواب المنازل إذ بسيدة غاضبة تخرج لهم.

مالك: مرحبًا سيدتي نحن تائهون ولا نعرف أحد هنا هل يمكنكِ أن تدلينا على مكان..

ولم يكمل مالك حديثه إذ بالسيدة تقاطعه:

لا يجب أن تتحدثوا وأنتم واقفون على الباب ادخلوا أولًا.

وقامت السيدة بمضايفتهم

هي والتي تدعى يارا: أنا آسفة لم يكن اليوم يومًا جيدًا؛

فقد اختفى ابني منذ الصباح هو والغطاء الذي كنت أود أن أنظفه

يا مصيبتي إن كان هرب من المنزل،

سوف أقتله إن عاد دون الغطاء.

حازم: أجل يا سيدتي قد يوجد أناس عندما يتواجدون في حياتك يعكرونها.

وهنا كان يقصد مالك

يارا: مرحبًا أنا اسمي يارا عرفوني عن أنفسكم.

عرفها الطلاب عن أنفسهم

يارا: ما هو المكان الذي كنتم تودون مني أن أدلكم عليه؟

مالك: الشابكة يا سيدتي.

يارا: لماذا يود الأطفال الذهاب إلى الشابكة؟

مالك يفكر هل أقول لها أم لا،

مالك في نفسه: سأقول لها أن أبي يعمل هناك وأنا أود أن أذهب لأقابله

لا هكذا سيتحول لون بشرتي إلى الوردي وسيكون عليَّ أن أقول الحقيقة.

مالك أخذ القرار في نفسه، سيقول لها الحقيقة

مالك: لأن.....

حازم يقاطعه: لأننا من عالم آخر ونحاول أن نعود إلى عالمنا أو على الأقل العثور على معلمنا، أو على باقي أصدقائنا.

اضطرت السيدة أن تصدقهم لأنه لم يتضح على حازم أي أثر للكذب،

الآن مالك وحازم يتعاركان لأن حازم قاطع كلام مالك،

أما باقي الطلاب كانوا يحكون للسيدة يارا ما حدث منذ البداية،

وقررت السيدة أن تساعدهم بشرط أن تسافر معهم عبر العوالم لأنها كانت تتمنى أن تخوض مغامرة مثل هذه،

خرجت السيدة والطلاب إلى الحافلة ليذهبوا إلى الشابكة،

والآن هم في الطريق إلى الشابكة،

و يبدو أنه يوجد شخص لم يرتح باله،

نعم إنه مالك

كان يظن الجميع أنهم ذاهبون إلى الشابكة ليعرفوا مكان أشرف أو على الأقل العودة إلى عالمهم،

بينما مالك كان من أهم أهدافه معرفة مكان والدته أو معلومات عنها لأنه كان خائف من أن يكون حدث لها شيء،

ها هم قد وصلوا إلى الشابكة،

مالك يتحدث إلى الموظف والذي يدعى ماهر: سيدي أيمكننا تصفح الشابكة أنا ورفاقي؟

ماهر: لا يسمح بهذا السن هنا يجب أن يكون لك مرافق.

يارا: أنا سأرافقه.

ماهر: حسنًا يا سيدتي ما الموضوع الذي تودين البحث عنه

هنا؟

لم يكن يعرف أي أحد منهم الإجابة على سؤاله ولا حتى يستطيع أن يكذب عليه،

قامت أقوى شخصية في الطلاب لتصارح السيد ماهر في سرية تامة

حازم: يا سيد ماهر أود أن أخبرك عن سر ما ولكن يجب..

قال حازم شيء للسيد ماهر في أذنه.

ماهر: حسنًا هيا بنا.

دخلوا جميعًا إلى مكان به شاشة ضخمة بحجم جدار من جدران المكان.

ماهر: هيا قوموا بالبحث عن ما كنتم تودون البحث عنه.

مالك بدأ يجمع المعلومات التي يحتاجها وها قد حدث ما كنا جميعًا نتوقعه،

نسى مالك أن يجمع معلومات عن والدته،

بعد أن أنهى مالك ها قد أوشكوا جميعًا على الرحيل.

ماهر: حسنًا وداعًا وحظًا موفقًا.

الطلاب والسيدة يارا: وداعًا يا سيدي وشكرًا لك.

وبعد رحيلهم أخرج السيد ماهر هاتفه: لقد وجدت دخلاء.

قال من معه على الاتصال: هذا جيد ولكن إياك أن تغفل عينك عنهم وراقبهم جيدًا.

السيد ماهر: حسنًا.

يبدو أن الأمور لا تكون دائمًا ميسورة؛

إن السيد ماهر وراؤه سر لن نعرفه إلا في وقته،

سجل مالك كل المعلومات التي جمعها على ورقة،

فتح مالك الورقة ليتأكد من المعلومات،

مالك بصوت مرتفع يشارك المعلومات مع زملائه:

_المعلم أشرف في العالم الأم.

_ مريم وباقي زملائنا في عالم ziyolozic.

_ نحن في عالم silverware.

_ طريقه الخروج من هذا العالم هي فتح بوابة عند ظهور نجم maliz وهو النجم الرئيسي لهذا العالم

(مثل الشمس في عالمنا)

وهو يظهر خمسة مرات في اليوم مقسم على الخمسة فترات الأساسية ويأتي يومين اثنين في الأسبوع (أوله، ووسطه)

وفي كل فتره يأتي بها على مدار اليوم يجلس ساعة واحدة أي أنه تأتي على مدار خمس ساعات في اليوم،

عندما يأتي بالنهار يظلم الجو وكأننا في المساء، وعندما يأتي في الليل يشع الضوء وكأننا بالنهار.

أحد الطلاب: وما الذي يضيء الدنيا هكذا طوال النهار؟

أجابت السيدة يارا: النجم الآخر المدعو troko

العملية بينهم عكسية مثل الشمس والقمر عندكم.

حازم: حسنًا وماذا سنفعل عندما يظهر هذا النجم؟

نقول كلام منغم كالشعر يدعى التعويذة النجمية.

مالك في نفسه: أشعر أنه يوجد شيء ناقص

أووه نسيت أن أجمع معلومات عن أمي.

يكاد ينفجر قهرًا من ما حدث والحزن لا يفارق صوته.

يارا: حسنًا يا مالك أكمل.

مالك:

_ استطعنا أيضًا من إحضار رقم عالم ziyolozic

فقط،

أي لن نستطيع الاتصال على المعلم أشرف سنتصل على الرفاق.

يارا: هل بحثت يا مالك عن ما أخبرتك عنه؟

مالك: أجل يا سيدتي

ابنك إيهاب موقعه يشير على أنه في العالم الأم.

يارا: أنا لا أسألك عن مكان إيهاب بل أسألك عن الغطاء أهو معه؟

مالك: لا أعرف يا سيدتي.

حازم: إلى أين سنذهب الآن؟

مالك: سنرسل رسالة نجمية لمريم.

حازم: وما هي الرسالة النجمية؟

مالك: الرسالة النجمية هي رسالة نسجل فيها أصواتنا وما نود أن نقوله ونرسلها في المساء عند التناظر النجمي.

السيدة يارا: وما هو التناظر النجمي؟

مالك: إنهما نجمان يكونان متناظرين أي متقابلين.

السيدة يارا: ولكن كيف سنرسلها؟

مالك: صدى الصوت في أقرب كهف وطواط للنجمين.

حازم: وكيف ستصل الرسالة إلى مريم؟

مالك: اسمع سوف نذهب أولًا لأي كهف وطواط قريب منه نجمتين متقابلتين وبعدها سنذكر الرقم الذي أحضرناه من الشابكة لعالم ziyolozic وبعدها سنقرأ رسالتنا بصوتٍ عالٍ و بعد ذلك سوف نقول لمن سنرسل الرسالة، وبعدها سيتحول لون النجمتين إلى الأحمر هكذا تكون مريم رأت الرسالة وننتظر منها الرد بنفس الطريقة أو بطرق غيرها المهم مريم ستستطيع أن تتصرف.

و انتظر الجميع حتى أتى الليل ثم بدأوا البحث عن الكهف،

و بالفعل وجدوا الكهف الذي له المواصفات التي يحتاجونها،

وقاموا بإرسال الرسالة

وتغير لون النجمتين إلى الأحمر وهذا يعني أن مريم قد رأت الرسالة،

دعونا الآن نرى ماذا حدث مع مريم بعد أن رأت الرسالة.

مريم: أرسل مالك رسالة.

أحد الطلاب: وما محتواها؟

مريم: إنه يقول

أنهم الآن في عالم يدعى silverware

وأن أبي في العالم الأم،

ويقول أيضًا أنهم وجدوا طريقة الخروج من عالمهم،

وأيضًا سيستطيعون الخروج دون شروط حتى نهاية الشهر،

ويقول مالك أيضًا في آخر الرسالة أنهم يودون أن يتطمئنوا علينا،

يود مالك أن نرسل له رسالة.

الطالب المدعو شريف: وكيف سنرسل هذه الرسالة؟

مريم: أظن أن مالك أرسل هذه الرسالة على الطريقة النجمية.

شريف: وما هي الطريقة النجمية؟

مريم: عندما تصبح في المرحلة الثانوية مثلي ستعرف ما معنى الطريقة النجمية.

شريف: أصبحت ترين نفسك بعد أن أصبحتِ أكبر منا.

مريم: لا يا رفاق لا تقولوا هذا،

كل ما في الأمر هو أن الموضوع يحتاج وقتًا طويلًا للشرح لذا سأشرحه لكم في ما بعد.

شريف: حسنًا يا مريم

ولكن ما زال هناك سؤال يشغل بالي كيف سنرسل الرسالة إلى مالك؟

مريم: علينا أولًا أن نذهب إلى مختبر أبي دون أن يرانا أحد.

وبعدها سوف نبحث عن جهاز يدعى إيكو

و سنستطيع إرسال الرسالة إلى مالك من خلاله، ولكن أولًا يجب علينا أن نبحث عن رقم عالم silverware في أوراق أبي.

شريف: ولكن كيف ستصل الرسالة إلى مالك؟

مريم: اسمع يا شريف الرسالة تظهر أمامه كفيديو في شاشة شفافة مزيفة.

شريف: حسنًا هيا بنا لنذهب إلى مختبر والدك.

مريم: لا ليس الآن يجب أولًا أن نضع خطة فقد تكون الفرق ما زالت تبحث عنا لذا سننقسم إلى مجموعتين المجموعة الأولى ستظل هنا

والمجموعة الأخرى ستذهب إلى المختبر في حال حدث أي شيء ستخرج المجموعة الثانية.

أحد الطالبات: ولكن كيف سنتواصل؟

مريم: سنتواصل بالهاتف.

و بالفعل خرجت المجموعة الأولى وظلت مريم في المجموعة الثانية

وكما توقعوا كان يوجد فرق كثيرة في المكان

كان قائد المجموعة الأولى شريف

و ها هم قد وصلوا إلى المختبر،

سمع شريف صوت أقدام خارج المكان

وقد بدى الصوت أنه لأكثر من شخص،

شريف بصوتٍ عالٍ: هيا يا رفاق لنرحل.

ثم رمى الجهاز الذي بيده على الأرض كي تجده مريم عندما تأتي للبحث عنه،

وأخبرها شريف على الهاتف عن المكان الذي ألقى به الجهاز،

ثم دخلت الفرقة عليهم وأخذوهم جميعًا إلى العالم الأم،

خرجت مريم بالفرقة الثانية

وبالفعل قد عثروا على الجهاز الذي ألقاه شريف،

الطلاب الآن عائدون إلى منزل عمة مريم

وقررت مريم حين وصولها إلى المنزل أن تتصل ثانية على شريف،

مريم تتحدث إلى شريف: شريف هل أنتم على ما يرام؟

شريف: نعم ولكن أنا لا أستطيع التحدث إليك الآن لأنني تحت المراقبة.

مريم: حاول فقط أن تعطيني بعض المعلومات عنكم حتى أتطمئن، وحتى أحاول مساعدتكم.

شريف: اسمعي يا مريم أنا تأكدت الآن أننا في العالم الأم،

ونحن الآن محتجزون في مكان سري تحت الأرض،

تظن البعثة التي أخذتنا أنكِ معنا في المجموعة الآن؛

لذلك أخذونا كرهائن وبدأوا ينادوا بصوت عال عند مركز المكان وفي الإذاعات: يا أشرف إن ابنتك عندنا إن أردتها فتعال وخذها.

مريم: أنا لا أصدق،

شريف أتعلم ماذا قد يفعلون بأبي إن أمسكوا به؟

توقف شريف قليلًا عن الكلام وبدأ يفكر في نفسه:

هل أخبرها أنهم يودون أن يعدموه؟

لا سوف تقلق وقد تنهار،

يجب عليَّ أن أخبرها فقد تجد حلًا سريعًا لإنقاذه وإنقاذنا أيضًا.

شريف: سأقول لك يا مريم ولكن أرجوكِ تمالكِ أعصابك،

إنهم سوف يقومون بإ...

وفجأة انقطع الخط ولم يستطع شريف إكمال كلامه يبدو أنهم لاحظوا الهاتف الذي معه،

مريم الآن تشعر بحزن في نفسها لا تعرف سببه وكأنها علمت ما كان يود شريف أن يقوله،

وطبعًا كان باقي رفاقها يسمعون المكالمة التي بينها وبين شريف

وشعروا أيضًا بحزن صديقتهم،

قالت إحدى الفتيات: لا تقلقي يا مريم سنعيد كل الأمور إلى مجراها.

مريم: شكرًا لكم يا رفاق وأنا آسفة على الحال الذي أنتم به الآن كل هذا بسببي،

عن إذنكم أود أن أجلس وحدي قليلًا.

خرجت مريم لتجلس في فناء المنزل،

وقرر أصدقاؤها أن يتركوها وحدها قليلًا حتى ترتاح،

الآن مريم لا تعرف ماذا تفعل كيف ستنقذ والدها ورفاقها،

وفجأة جاءت إليها عمتها وأعطتها كتاب وقالت لها: خذي يا مريم أود منكِ أن تُلقي نظرة في الكتاب.

مريم: حسنًا يا عمتي.

مريم تفر في صفحات الكتاب

و في حين كانت مريم تفر فيه كانت دموعها تملأ صفحاته، رأت مريم ذكريات بثت فيها العزيمة على إنقاذ والدها وخاصة أنه الوحيد المتبقي لها بعد وفاة والدتها،

صحيح أن مريم لديها عمة ولكن مهما كان الشخص مقربًا فمن المستحيل أن يعوض حنان الأب والأم،

رأت مريم صورها وهي محمولة بين ذراعي والدها ووالدتها،

وبعدها أمسكت مريم بالجهاز الذي أحضرته من مختبر والدها

لتقوم بإرسال رسالة إلى مالك،

صورت مريم نفسها فيديو على الجهاز تقول فيه:

مالك كيف حالك؟

هل جميعكم بخير؟

نحن جميعًا بخير،

بعضنا قُبض عليهم وذهبوا إلى العالم الأم والباقي ما زالوا هنا في عالم ziyolozic،

مالك أرجوك حين تخرجون من عالم silverware

لا تأتون إلى هنا عودوا إلى منازلكم،

أنا قلقة جدًّا لأنهم إن استطاعوا القبض على أبي فسوف يقتلوه،

بالإضافة إلى أني لا أود أن أسبب مشاكل لأحد

يكفي ما نحن به.

وأضافت أيضًا إلى كلامها طريقة سهلة ومضمونة ليستطيع مالك من خلالها أن يحدثها لأنها تعلم أن الرسائل على الطريقة النجمية تكون صعبة قليلًا،

ولم تستطع مريم إخفاء دموعها في الفيديو،

ثم قامت بإرسال الفيديو إلى مالك،

وصل الفيديو إلى مالك

وهذه المرة رأى مالك الفيديو وحده من دون رفاقه،

ولم يستطع مالك تمالك دموعه أثناء مشاهدته مريم تبكي؛

لأنه تذكر والدته في ذلك الوقت فهي أيضًا كانت الوحيدة المَتبقية لَه بعد موت والده،

قرر مالك أن يرسل لمريم رسالة وحده ولكن هذه المرة سيرسلها على الطريقة التي قالت عنها مريم،

وكانت الطريقة معتمدة على مريم لأنَّ مريم عندما كانت في مختبر والدها تحضر منه رقم عالم silverware وجدت شيء غريب

فقد رأت مريم أنه للعوالم أرقام هاتفية،

وفي ذلك الوقت قامت مريم بقطع رقم عالم ziyolozic و عالم silverware من الملف لترسل رقم ziyolozic إلى مالك وتبقي رقم silverware معها

ولكن للأسف بحثت مريم كثيرًا عن رقم العالم الأم ولكنها وجدته مقطوعًا،

قام مالك بالاتصال على مريم هاتفيًّا.

مريم: مرحبًا من المتصل؟

مالك: مرحبًا يا مريم إنه أنا مالك.

مريم بصوت بعث فيه بعض من الأمل والسرور: مالك

أنا سعيدة جدًّا أن جميعكم بخير.

مريم: أخبرني..

قاطعها مالك قائلًا: قبل أن أخبركِ بأي شيء

أود أن أذكركِ بشيء،

ألا تتذكرين الوعد الذي وعده كلانا للآخر؟

مريم: بلا أتذكر.

مالك: يا مريم لقد وعدنا بعضنا على أن يساعد بعضنا البعض مهما كان الأمر صعبًا فوالله لن أضع رأسي على وسادتي إلا وكان رأسك موضوعًا على وسادتكِ وأنتِ مرتاحة البال.

مريم الآن لا تستطيع الرد على كلام مالك

فقد عجز لسانها عن الكلام،

تحاول مريم إخفاء حزنها من صوتها ودموعها من على خدها

ولكن من دون جدوى؛

فكل ما كانت تحاول أن تكتم أنفاسها لتتوقف عن البكاء

خرج منها صوت مكتوم يحاول المقاومة،

كانت مريم تبكي بصوتٍ عالٍ مثل الأطفال الصغار،

مريم هذه المرة تعرف سبب بكائها

فعن وصف مريم لشعورها: كان بكائي في ذلك الوقت بكاء مع الشعور بالطمأنينة

فأنا في ذلك الوقت كنت أشعر أن أبي عاد لي من كلام مالك؛

لذلك لم أستطع تمالك نفسي.

انتظر مالك مريم حتى هدأت قليلًا،

وبعد أن هدأت مريم قالت لمالك: شكرًا لك يا مالك

فأنا لم أشعر بهذه الطمأنينة من قبل،

أتعلم يا مالك متى سيزيد شعور الطمأنينة عندي؟

عندما يعود كل واحد منكم إلى منزله آمنًا

لأنه إن حدث لأحد منكم أي شيء فلن أسامح نفسي أبدًا،

أرجوك يا مالك خذ رفاقك واذهبوا إلى عالمكم،

لا تأتوا إلى هنا

وأنا سأقوم بمساعدة شريف على الهرب.

مالك: لا يمكنني فعل ذلك

لا تنسي أني أيضًا جئت هنا للبحث عن أمي،

لا تقلقي على الرفاق فهم مستمتعون هنا.

مريم تعلم أن مالك عنيد ولن يغير رأيه ولو كانت نهاية العالم لهذا لم تعارضه رأيًا أو قرارًا.

مريم: حسنًا أيها العنيد.

مالك: انظروا من يتحدث الآن.

أغلق مالك المكالمة مع مريم وذهب ليتفق مع رفاقه على خطة للخروج،

أما مريم قررت أن تبحث مرة أخرى في مختبر والدها على شيء قد يساعدها.

دعونا الآن نرى ماذا حدث مع أشرف بعد أن شاعت الأصوات والإشاعات الكاذبة في العالم الأم،

فبعد أن علم أشرف أن ابنته مريم قد أُلقي القبض عليها من قبل حكام العوالم

وأنها محتجزة عندهم لم يتردد في الذهاب وإنقاذها ولكن أوقفه كلام إيهاب.

إيهاب: إلى أين أنت ذاهب؟

أشرف: لأنقذ ابنتي.

إيهاب: أنت لم تعد أشرف الذي أعرفه، لم تعد أشرف المتأني

الذي يجعل لكل شيء على هذا الكوكب احتمال،

هل تود حقًا أن تذهب إليهم من دون خطة؟

ماذا لو كان هذا فخًا وكانت ابنتك مريم ليست هناك؟ ماذا ستفعل إن حدث معك هذا؟ ستكون سلمت نفسك للموت.

وقف أشرف قليلًا ليفكر وبعدها قال: لا لن أضع خطة أكمل أنت خطتنا وكأنني تم القبض عليَّ.

إيهاب: أنت حقًّا فقدت عقلك.

أشرف: اسمع يا إيهاب إنها ابنتي ولن أتمهل دقيقة واحدة في إنقاذها

حتى لو كانوا يكذبون ليلقوا القبض عليَّ،

يجب عليَّ كأب أن أتأكد بنفسي،

يجب أن يتطمئن قلبي قبل أن يتطمئن عقلي.

إيهاب: حسنًا يا صاح، وداعًا قد لا نتقابل مرةً ثانية، حظًا موفقًا

ولا تنسى أن تسلم على غطائي.

أشرف: حسنًا انطلق يا بطل.

توقع حكام العوالم حضور أشرف؛

لذلك لم يرسلوا أحدًا ينتظره ليقبض عليه

بل انتظروه حتى دخل عليهم بنفسه.

حين دخل أشرف..

حاكم عالم magic: أهلًا أهلًا بحامل الأسرار توقعت حضورك.

أشرف: أين ابنتي مريم؟

حاكم عالم magic: اهدأ سوف تراها ولكن دعنا نتحدث قليلًا.

أشرف: لن أنطق بكلمةٍ واحدةٍ قبل أن أرى ابنتي.

حاكم عالم magic: حسنًا كما تشاء.

ثم قال: يا حراس أحضروهم جميعًا.

أحضر الحراس الطلاب كلهم أمام أشرف،

كان أشرف ينظر إليهم بلهفة يبحث عن ابنته بينهم

حتى أنه لم يضع تركيزه على أن طلابه هم الذين يقفون أمامه،

و أما الطلاب لم يصدقوا أن هذا هو معلمهم أشرف حتى أدركوا أن شكله عاد إلى أصله.

شتت تركيزه قول شريف: يا معلم ها هي ابنتك مريم.

وأشار على إحدى الطالبات،

نظر إليها أشرف بلهفة وحين رآها صمت متفاجئ لأنه يعلم أن هذه ليست مريم ابنته،

ولكنه أدرك أن هذه إشارة من شريف؛

فقرر أن يكمل على أساس أنها ابنته مريم.

حاكم عالم ziyolozic: لن أتوقع أنني سأضطر أن أقتل أشهر عالم في عالمنا،

أخبرنا الآن يا أشرف أين ذلك الشخص الذي كان معك؟

أشرف الآن مقيد أمامهم على الكرسي.

أشرف: لن أخبرك أبدًا.

حاكم عالم magic: أأنت سعيد وأنت مقيد بهذا الشكل الحرج أمام ابنتك وطلابك؟

اسمع يا أشرف سوف نخفيك من على المجرة.

أشرف: على الأقل سأموت موتة شرف.

حاكم عالم ziyolozic: أجل سوف تموت موتة شرف أنت وكل أحد علم بسرنا.

ثم قام بنداء نائبه

وطلب منه أن يقوم بالاطلاع على أسماء من سافروا بالزمن في السنين العشر الماضية،

ثم أطلق نائبه لائحة على شاشة كبيرة مكتوب عليها أسماء من سافروا بالزمن و بعض المعلومات عنهم،

وكانت الأسماء في اللائحة على هذا النحو:-

– أشرف

خمسة وثلاثون عامًا،

سافر مرتين عبر العوالم

المرة الأولى كانت من عالم ziyolozic إلى عالم magic،

والمرة الثانية كانت من عالم magic إلى عالمنا العالم الأم.

– هنا

خمسة وثلاثون عامًا

سافرت عبر العوالم مرة واحدة

كانت من عالم magic إلى عالم ziyolozic.

– مريم

ستة عشر عامًا

سافرت عبر العوالم مرتين،

المرة الأولى كانت من عالم ziyolozic إلى عالم magic

والمرة الثانية كانت من عالم magic إلى عالم ziyolozic.

– مالك

خمسة عشر عامًا،

سافر عبر العوالم مرة واحدة

كانت من عالم magic إلى عالم silverware

– إيهاب

عشرون عامًا

سافر عبر العوالم مرة واحدة،

كانت من عالم silverware إلى عالمنا العالم الأم.

– شريف

ستة عشر عامًا

سافر مرتين عبر العوالم،

المرة الأولى كانت من عالم magic إلى عالم ziyolozic

المرة الثانية كانت من عالم ziyolozic إلى عالمنا العالم الأم.

– حازم

خمسة عشر عامًا

سافر عبر العوالم مرة واحدة

كانت من عالم magic إلى عالم silverware.

وذكر أسماء باقي الطلاب ومعلوماتهم أيضًا،

وهنا أتى للجميع لحظات إدراك،

أدرك أشرف أن التي تدعى هنا هي والدة مالك،

وأدرك أيضًا أن مالك وحازم وباقي الطلاب في عالم silverware

وأدرك أن مريم ما زالت في عالم ziyolozic

ولاحظ أيضًا حكام العوالم أن مريم ذكر في معلوماتها أنها لم تسافر إلى العالم الأم من قبل

فكيف هي موجودة معهم الآن؟

قال حاكم عالم ziyolozic: إن ابنته ليست هنا معنا،

هذه الفتاة خطرها كبير إن ظلت على قيد الحياة فقد تفشي سرنا،

اذهبوا بسرعة وأحضروها من عالم ziyolozic

وأحضروا كل من سافر بالزمن لنقتله،

وأدخلوا هؤلاء الصغار إلى السجن،

وضعوا أشرف معهم.

وما إن دخل أشرف والطلاب إلى السجن

إلا وكانت فقرة الأسئلة والإجابات مبدوءة،

وبعد أن أخذ كل شخص المعلومات التي كان يحتاجها

جلس كل واحد مكانه يفكر ماذا سيفعل،

أتت لشريف فكرة جيدة

واقترحها على أشرف ورفاقه ولكن المشكلة أن نسبة نجاح هذه الخطة نسبة ضئيلة،

اعتمد شريف هذه الخطة لأنه استطاع ملاحظة أن الحراس يدخلون لهم عند توقيت معين في اليوم ليعطوهم الطعام،

لاحظ أنهم يدخلون لهم كل أربع ساعات؛

لذلك كانت خطتهم هي أنه حين يفتح الحراس الباب يجري واحد منهم على الأقل،

ولكن السؤال الوحيد في هذه الخطة ماذا سيفعل ذلك الشخص بعد خروجه

لا أحد يعلم؛

لأن الخطة معتمدة على إحضار المساعدات فقط،

وفعلًا دخل أحد الحراس ومعه وجبة الغداء،

فقام أحد الطلاب من مكانه ليركض ويهرب ولكن انتبه الحارس له وأمسكه وفي حين انشغل الحارس بالطالب

خرج باقي الطلاب ومعهم معلمهم أشرف

وفي النهاية استطاع الطالب الهرب من الحارس،

وخرج الجميع من المكان وخرج وراءهم الحراس،

استطاع الحراس الإمساك بشريف

كاد أشرف أن يعود لينقذه ولكن

قال له شريف: أكمل الخطة يا معلم سأكون بخير.

وبالفعل أكمل أشرف طريقه واكتفى الحراس بالإمساك بشريف،

لقد عاد الحراس إلى مقر حكام العوالم.

الحراس: نحن آسفون لقد استطاعوا الهرب منا.

حاكم عالم ziyolozic: أنتم فاشلون لا تستطيعون فعل شيء،

سوف تعاقبون جميعًا على إهمالكم.

الحراس: ولكن يا سيدي نحن اعتقلنا أحدهم.

حاكم عالم ziyolozic: وماذا سنفعل به؟

الحراس: صدقنا يا سيدي إن أشرف سوف يعود ليأخذه.

حاكم عالم ziyolozic: اذهبوا وأعيدوهم أفهمتم؟

وأضاف إلى كلامه:

أين الحارس الذي كان يحرس السجن؟

الحراس: ها هو يا سيدي.

حاكم عالم ziyolozic: يجب أن تنال عقابًا على إهمالك.

الحارس يهبط على قدميه يشبك يديه ثم يرفعها أعلى رأسه وكان مطأطأ الرأس يترجى حاكم عالم ziyolozic

ويقول: السماح يا سيدي.

فأخرج مسدسًا من جيبه وأطلق من رصاصه على الحارس.

وقال بلا مبالاة: خذوه من هنا ليس لدي مزاج اليوم لرؤية الدماء.

ثم أشار إلى أحد الحراس:

قف أنت مكانه أمام السجن وأتمنى ألا تكون فاشلًا مثله،

هذا جزاء من يهمل عمله.

وبعدها قام حاكم عالم ziyolozic بإجراء مكالمة شخصية.

ما قيل أثناء المكالمة:-

حاكم عالم ziyolozic: ماذا فعلت بشأن ما قلت لك عنه يا ماهر؟

ماهر: يا سيدي أنا أتجسس عليهم منذ أن وكلتني بهذا،

وتوصلت أيضًا إلى بعض المعلومات.

حاكم عالم ziyolozic: وما هي تلك المعلومات؟

ماهر: لقد تجسست على محادثة هاتفية بين الفتي المدعو مالك وفتاة أخرى تدعى مريم،

وأعتقد أن تلك الفتاة هي ابنة أشرف الذي تبحثون عنه.

حاكم عالم ziyolozic: نحن نعلم ذلك يا مغفل.

ماهر: كان ينوي مالك لوضع خطة للخروج من عالم silverware اليوم

ولكنه ما زال لم يخطط لها بعد،

ها أنا أتجسس عليه من شقتي التي تقابل المنزل الذي يجلسون به،

وهو منزل إحدى السيدات في عالم silverware والتي تدعى يارا،

لقد استغليت فرصة غيابهم عن المنزل ووضعت مكبرات الصوت في كل مكان بالمنزل وأراقبهم من منظاري الدقيق.

حاكم عالم ziyolozic: هل قلت أنهم يسكنون في منزل سيدة من سيدات عالم silverware؟

ماهر: أجل يا سيدي.

حاكم عالم ziyolozic: وهل هي تعرف بسرنا؟

ماهر: أجل يا سيدي.

حاكم عالم ziyolozic: وهل يوجد شخص آخر غيرها يعلم بالأمر؟

ماهر: أجل يا سيدي

إنها سيدة في عالم ziyolozic تدعى إسراء وهي أخت المدعو أشرف.

حاكم عالم ziyolozic: وكيف علمت بأمرها هل ذهبت إلى عالم ziyolozic من دون إذني؟

ماهر: لا يا سيدي ولكن سمعت تلك الفتاة المدعوة مريم تقول لمالك عندما كانت تحدثه أنها عند عمتها،

وقالت أيضًا أن عمتها سوف تحضر لهم الأوراق والأجهزة التي يريدون تفقدها من مختبر والدها لأن خروجهم الآن أصبح أمرًا صعبًا وخاصة بعد أن انتشرت البعثات في كل العوالم.

حاكم عالم ziyolozic: حسنًا يا ماهر أعتمد عليك على إنهاء المهمة،

ولا تنسَ أن تخبرني بخطة مالك.

ماهر: حسنًا يا سيدي.

وبعد أن أنهى الحاكم مكالمته مع ماهر نادى على نائبه،

وهو المسؤول عن الأبحاث في العالم الأم.

حاكم عالم ziyolozic: يا أيها الوغد كيف وكلتك نائبًا لي؟

نائبه في خوف يأبي أن يكون فعل شيء قام بإثارة غضب حاكمه: ماذا حدث يا سيدي؟

هل فعلت شيئًا يغضبك؟

حاكم عالم ziyolozic: كيف لم تخبرني بشيء كهذا؟

النائب: أي شيء يا سيدي؟

حاكم عالم ziyolozic: كيف لم تقل لي أن هناك أناس آخرون يعلمون بسرنا أتتحالف معهم ضدنا؟

النائب: حاشا يا سيدي أن أفعل ذلك،

كل ما في الأمر هو أنني أستطيع معرفة الأشخاص اللذين يسافرون عبر العوالم ولكن لا أستطيع أن أعرف من يعلم سر الدوامات الزمنية.

حاكم عالم ziyolozic: لا يهمني كل هذا الهراء

أنت كدت تسبب لنا خطرًا فظيعًا،

أنت لم تؤدِ عملك على أفضل حال.

ثم أخرج المسدس من جيبه وأطلق من رصاصه على نائبه،

ثم نادى على الحراس: أخرجوه هو الآخر،

و ليمسك أحدكم منصب نائب الحاكم،

هيا اذهبوا بسرعة.

الحراس: عُلم سيدي.

وبعدها نادى مجموعة أخرى من الحراس: وأنتم اذهبوا إلى منزل تلك المدعوة إسراء واقبضوا على كل من في المنزل، ولكن أرجو أن

تحافظوا على سريتكم التامة حتى لا يلاحظ سكان عالم ziyolozic الأمر.

الحراس: ولكن ماذا لو لاحظ أحد أمر اختفائهم؟

حاكم عالم ziyolozic: سوف تتوتر الأجواء بينهم في البداية ثم سينسون الأمر وكأنه لم يحدث شيء.

الحراس: عُلم يا سيدي.

وبعد ذلك قام حاكم عالم ziyolozic بطلب نائبه الجديد ليقوم بالتحدث معه في مكتبه والذي كان يجاور السجن الخاص بشريف،

وبينما شريف مستند برأسه إلى الحائط يفكر في طريقة للخروج

سمع الحوار الدائر بين حاكم عالم ziyolozic و نائبه

الحوار:-

حاكم عالم ziyolozic: اسمع أود منك أن تضع لي خطة للاستيلاء على العوالم كلها وحدي ويكون لي الملك،

أود أن أعلن لسكان العوالم أيضًا أني حاكمهم وسأحكم المجرة كلها.

النائب: ولكن هذا أمر صعب يا سيدي،

حتى لو وضعت خطة فسيكون من الاحتمالات الضئيلة نجاحها.

حاكم عالم ziyolozic بنبرة حاده بها بعض من التهديد: أنت ستستطيع فعلها.

علم النائب من نظرة الحاكم أنه يهدده؛

فقال بنبرة مهتزة الصوت: حسنًا يا سيدي.

وبالطبع سمع شريف كل شيء قيل،

فأتت لشريف فكرة

وكان هذه المرة متأكدًا من نجاح خطته،

بدأ شريف ينفذ خطته،

أخرج شريف قطعة لوح خشبي من جيبه

ثم وضعها على أذنه

وبدأ بالتحدث فيها ويقول أشياء وكأنه يتحدث إلى أشرف،

سمع الحراس ذلك لكنهم هذه المرة لم يفتحوا ويدخلوا إليه لأنهم حذروا من ذلك حتى لا يهرب؛

فقاموا بمناداة أحد حكام العوالم ليدخل هو بنفسه ويتصرف معه،

عند سماع بعضكم لهذا الكلام سيظن أن الخطة التي خطط لها شريف لم تمر بيسر،

ولكن هذا هو ما خطط له شريف،

وهنا سيطرح السؤال نفسه

كيف كان شريف متأكدًا من أن أحد الحكام هو من سيدخل لتفقد أمره؟

كانت خطة شريف متكئة على كل الاحتمالات،

لم يكن يهمه أن يدخل إليه شخص معين هو فقط كان يود أن ينتبه له أي أحد في المكان سواء كان من الحراس أو من الحكام،

بمعنى أصح كان يود شريف لفت انتباه أي أحد وتنتشر الفتن بين الحكام والمشاكل قد يساعده ذلك في الهرب، وخاصةً بعد أن دخل عليه ذلك الحاكم وهو حاكم عالم silverware

وأخذ منه الجهاز بعنف

وعندما رآه ووجده مجرد لوح خشبي رماه ثم قال:

ماذا كنت تفعل يا فتى؟

شريف: يا سيدي كنت أود أن أخبرك عن شيء ما.

قال شريف كل شيء سمعه إلى الحاكم،

لم يكتفِ شريف بما قاله بل أضاف بعض الأحداث من عنده،

فقال حاكم عالم silverware: هل أنت متأكد من ما تقوله؟

وهل قالوا شيئًا آخر؟

شريف: سأساعدك ولن أهرب ولكن عليَّ أن أضمن فرصة خروجي من هذا المكان.

كان حاكم عالم silverware

معتادًا على تصديق أي أحد؛

لأنه في عالمه لا أحد يكذب إلا نادرًا؛

لذلك صدَّق ما قاله شريف

وقال له: هيا بنا لنذهب ونخبر الباقي.

وفعلًا وفى حاكم عالم silverware بوعده وأخرج شريف من الحبس،

سيظن بعضكم أن شريف لن يفي بوعده وسيقوم بالهرب

وسيتركهم ليحلوا مشاكلهم مع أنفسهم،

ولكن شريف كان أذكى من ذلك

وفعل عكس المتوقع،

قرر شريف في نفسه

أن يتخلص من أساس المشكلة وهم حكام العوالم؛

لأنه إن هرب ولم يتخلص منهم فسيطاردونه هو وأصدقاءه،

ولن يتركوهم إلا بعد عدمهم،

وبالفعل ذهب شريف مع حاكم عالم silverware إلى مكان سري ليتجمع به حكام العوالم ليتناقشوا في ما حدث،

حضر الاجتماع جميع حكام العوالم ما عدا حاكم عالم ziyolozic

لم يصدق حكام العوالم ما قاله شريف وهنا

قال لهم شريف: إن كان هذا مقلب فلماذا لم أهرب حتى الآن؟ ها أنا جالس معكم لأساعدكم.

حاكم عالم silverware: حتى لو صدقنا ما قلته فكيف سنتصرف مع الأمر؟

شريف بنظرة ثقة: أنا لدي خطة.

حاكم عالم silverware: وما هي هذه الخطة التي تتحدث عنها بكل ثقة؟

شريف: عليكم شراء الحراس.

حاكم عالم silverware: ماذا تقصد بشراء حراس

نحن بالفعل نمتلك حراسًا ألا ترى القصر مشدد الأمن يملؤه الحراس؟

شريف: أقصد أن تفعلوا كما فعل حاكم عالم ziyolozic لقد اشترى الحاكم حراس القصر ليعملوا تحت سلطته

سواء كان بالقوة أو بالمال،

جميع حراسه يعملون لأجله بإخلاص

حتي لو أمرهم بقتل أنفسهم،

ولكن قبل أن تشتروا حراسًا شخصيين لكم اشتروا حراسه هو أولًا.

حاكم عالم silverware: وماذا لو لم يقبل الحراس العمل معنا هكذا سنقع في مأزق؛

لأنه إذا حدث ذلك فستكشف خطتنا لجميع حراس القصر وستصله الخطة التي خططنا لها وقد نقتل جميعًا.

شريف: إن رفضوا سوف نسجنهم،

وسنضطر إلى شراء حراس آخرين فقط.

حاكم عالم silverware: حسنًا خطة جيدة ولكن ماذا سيفعل لنا الحراس

هل سيقومون بقتله مثلًا؟

شريف: ليس كما تظن

فقد يفيدنا الحراس بأشياء كثيرة،

فهكذا نحن نضمن وسيلة دفاع في حال قام بتأسيس جيش ليهجم علينا، أو حراس ليكونوا ضدنا لأن هذا الرجل سلطته كبيرة.

حاكم عالم silverware: ولكن هكذا خطتنا ليست مضمونة النجاح،

ماذا سنفعل بعد شراء الحراس؟

شريف: لقد وضعت احتمالات لكل شيء

باقي الخطة كالآتي:-

سوف نقسم الحراس إلى فرقتين الفرقة الأولى ستكون احتياطية

خارج المكان، والفرقة الثانية ستكون معنا بالداخل في حال حدوث أي هجوم مفاجئ،

ولكن أولًا سنقوم بسجن نائبه الخاص وبعدها سنحاصر الحاكم ونقيده ثم نستجوبه.

حاكم عالم silverware: وماذا سيحدث بعد ذلك له هل نقتله أم نلقي القبض عليه؟

شريف: أنتم أحرار افعلوا ما تشاؤون ولكن لتضعوا في حسبانكم أني سأرحل من هذا المكان بعد تنفيذ الخطة.

حاكم عالم silverware: حسنًا ولكن بشرط

ألا تخبر أحدًا أبدًا.

شريف: حسنًا يا سيدي لن أخبر أحد، علمت صديقتنا مريم بالأمر وأخفته مدة عشر سنين،

ووالدها أيضًا علم بالأمر وأخفاه في حدود تقريبية لنفس المدة، وكذلك صديقنا مالك وباقي الأصدقاء، لا أود منك أن تقلق إن كان هذا الأمر سيساهم في استقرار الأوضاع في باقي العوالم فنحن لن نُفشي به.

حاكم عالم silverware: حسنًا يا شريف خذ هذا الجهاز سوف يساعدك.

شريف: ولكن ما هذا الجهاز؟

حاكم عالم silverware: هذا الجهاز قد يساعدك في التنقل بين كل العوالم.

شريف: إذن يمكنني أن أتنقل بين كل العوالم أنا وأصدقائي كما نشاء؟

حاكم عالم silverware: لا يا شريف هذا الجهاز يحتمل شخصًا واحدًا فقط يمكنك أن تذهب إلى كل شخص تود مساعدته في العودة، وأخبره عن الطريقة وسيعود هو بنفسه.

شريف: شكرًا لك يا سيدي

أعطيتني الجهاز وأنت تثق أنني لن أرحل وأتركك إلا بعد أن أفي بوعدي لك وأنا لن أخذلك أبدًا.

حاكم عالم silverware: حسنًا تابع يا بطل.

شريف يود ان يسأل الحاكم عن سؤال يشغل باله

شريف: أيها الحاكم لدي سؤال يحيرني.

حاكم عالم silverware: تفضل واسأل.

شريف: من الذي وكلكم كحكام للعوالم؟

حاكم عالم silverware:

جميع حكام العوالم الموجودين في هذا المكان كانوا مجرد علماء عاديين

من شغفهم البحث عن العوالم والدوامات الزمنية، حتى أحضرتنا أبحاثنا إلى هذا المكان

أول شخص جاء إلى هذا المكان وجد هذا العالم فارغًا لا يوجد عليه أحد،

ولكنه اكتشف أنه يستطيع التنقل بين العوالم كما يشاء؛

فقرر إحضار حراسه الشخصيين كلهم إلى هنا ووكل نفسه حاكم على العالم الأم،

ثم جاء من بعد مجيئه أناس كثيرة إلى هذا المكان فقرر وضع قانون وهو:-

من يأتي إلى هذا العالم فإنه يصبح حاكم العالم الذي جاء منه،

فمثلًا أنا جئت من عالم silverware إذن فأنا سأكون حاكم عالم silverware

وبعد أن اكتمل عدد حكام العوالم في هذا العالم وضع حاكم العالم الأم قانونًا آخر ينص على:-

عند مماتي الشخص الذي سيأتي إلى هنا بعد وفاتي سواء جاء من نفس عالمي الذي جئت منه أو جاء من عالم آخر،

أو على الأقل أول شخص سيسافر عبر الدوامات الزمنية بعد مماتي سواء جاء إلى هنا أو ذهب إلى أي عالم آخر فقوموا بإحضاره وعلموه القوانين ثم ولوه الحكم

شريف: لدي سؤال

ما هو العالم الذي جاء منه أول شخص أتى إلى هذا العالم وتولى الحكم؟

حاكم عالم silverware: لقد جاء من عالم magic

شريف: أي أنه أتى من عالمي.

حاكم عالم silverware: أجل لقد جاء من نفس عالمك،

وقد كان رجلًا طيب القلب وعادل ولا يظلم أحدًا، ويحب الجميع وكان أيضًا فصيح العقل مثلك.

شريف: شكرًا لك،

حسنًا ولكن ماذا حدث بعد ما مات الحاكم؟

حاكم عالم silverware: لقد تحولنا إلى جشعين وقررنا ألا نعطي الحكم لأي أحد،

وكان ذلك القرار لحاكم عالم ziyolozic

لو كنا نعلم أن هذا ما سيحدث لما وافقنا على قراره،

أول شخص سافر عبر الدوامات الزمنية كان معلمك أشرف،

كنا نود أن نولي أشرف الحكم ولكن حاكم عالم ziyolozic

اعترض وقرر ألا يشغل أحد هذا المنصب،

وعندما سألناه عن سبب رفضه

قال: نحن الأقدم هنا أي نحن من لدينا السلطة والقرار،

إن أتى شخص جديد ليتولى الحكم هنا سوف نُظلم نحن وليس من البعيد أن يطردنا؛

لذلك يجب علينا أن ننتظر أن يبقى الحكم الأبدي لشخص واحد.

لقد ظننا في ذلك الوقت أنه يقصد عندما نموت نحن ويأتي شخص بعدنا ويرى الوصية فيتولى هو الحكم،

لكن لم نضع لابدًا في الحسبان أنه ينوي القضاء علينا

وتولي الحكم وحده.

شريف: لديَّ سؤال آخر لماذا لم تخشوا من أن يُفشي المعلم أشرف سركم على مدار العشر سنين الماضية؟

حاكم عالم silverware: لأن أشرف كان محميًّا بوصية حاكم العالم الأم فكان يستطيع دائمًا الفرار من المكائد التي نعدها له.

شريف: وهل هو الآن لم يعد محميًّا بالوصية؟

حاكم عالم silverware: لا فالوصية انتهت صلاحيتها بعد مرور عشر سنين ومنذ أن مرت العشر سنين ونحن نفكر كيف سنقتله.

شريف: ولكن على ما أظن أنكم الآن نادمون على ما كنتم تفعلونه،

ولن تطاردونا ثانيةً صحيح؟

حاكم عالم silverware: أجل نحن نادمون ونحاول تغيير كل شيء حدث في الماضي،

أجل لن نطاردكم أبدًا بعد الآن فأنتم كنتم سببًا في يقظتنا من الثبات العميق الذي كنا به.

شريف: نحن من سيشتاق إلى مطاردتكم،

لقد كنتم سببًا في جعلنا نخوض مغامرة رائعة،

لم أشعر بهذا الحماس من قبل.

واتفقوا جميعًا على أن الخطة ستنفذ من اليوم التالي.

دعونا الآن نرى ماذا حدث لمالك..

بعد أن أغلق مالك المكالمة مع مريم ظل باله مشغولًا بخصوص أمه،

كان من الممكن أن يجعل مريم تساعده بمناسبة وجودها في عالم ziyolozic

ولكنه لم يكن يود أن يزيد همها همًا؛

فقرر أن ينسى الموضوع الآن حتى يقوموا بالخروج من هذا العالم،

ذهب مالك ليتحدث مع رفاقه بشأن الخروج من عالم silverware

مالك الآن يجلس مع أصدقائه ينتظرون حازم حتى يأتي

فقد استأذن حازم وذهب ليفعل شيء ما،

مالك: لقد تأخر ذلك المدعو حازم يا ترى ماذا يفعل؟ إنه يجلس في الغرفة منذ ساعة.

أحد الطلاب: قد يكون نائمًا.

السيدة يارا: أو حدث له شيء.

مالك: أو يحاول استفزازي.

السيدة يارا: لا تأخذ كل شيء بهذه الطريقة

سأذهب لأتطمئن عليه.

ذهبت السيدة يارا إلى الغرفة التي يجلس بها حازم ثم طرقت على باب الغرفة.

رد حازم: لحظة أعطوني بعضًا من الوقت سأفعل شيء.

السيدة يارا: حسنًا ولكن لا تتأخر لأننا ننتظرك.

حازم: إن تأخرت ضعوا الخطة ثم فيما بعد قوموا بشرحها لي.

السيدة يارا: آمل أن تكون بخير.

حازم: لا تقلقي أنا بخير.

رحلت السيدة يارا وذهبت إلى الطلاب وأخبرتهم بما قاله حازم.

مالك: قلت لكم أنه يستفزني لأنه يراني أفضل منه ويغار مني.

السيدة يارا: لا تتحدث هكذا عن صديقك، صحيح أن حازم سيء التصرف قليلًا وقد يكون فظًا في بعض الأوقات

ولكنه طيب القلب المشكلة فيه هو أنه يهاب أن يظهر طيبة قلبه،

ومع مرور الوقت ستكتشف أن حازم أحن شخص عليكم.

مالك: إن كان لن يأتي فهيا بنا نضع خطتنا من دونه

نحن مخطئون لأننا انتظرنا كل هذا الوقت.

السيدة يارا: أنا من رأيي أن نتناول طعامنا أولًا قبل التخطيط لعل وعسى استطاع حازم المجيء وحضور الخطة معنا،

هيا اذهبوا واغسلوا أيديكم.

الطلاب: حاضر.

دعونا الآن نرى ما الذي يحدث مع حازم،

حازم الآن في الغرفة يتحدث في الهاتف مع مريم

محادثتهم:-

حازم: مرحبًا يا مريم.

مريم: أهلًا حازم كيف حالك وحال الرفاق؟

هل جميعكم بخير؟

حازم: أنا بخير وجميعنا بخير لقد اتصلت لأنني علمت أن مالك حدثكِ عبر الهاتف عن طريق أرقام العوالم.

مريم: أجل لقد فعل ذلك.

حازم: لهذا السبب اتصلت بك.

مريم: ماذا تقصد؟

حازم: اتصلت لأسألكِ عن سؤال يشغل بالي هذه الفترة.

مريم: تفضل.

حازم: ما الفرق بيني وبين مالك؟

منذ أن تعرف الجميع على مالك نسوا أمري، لماذا يكون مالك هو البطل في كل الأوقات؟

لماذا الجميع يحب مالك؟ أهو أفضل مني بشيء؟

بدأت دموع حازم تتكاثر على خديه،

وكانت هذه أول مرة ترى فيها مريم حازم وهو يبكي بهذه الطريقة.

مريم: لا يوجد فرق بينك وبينه كلاكما رائعان كل ما في الأمر هو أن مالك يعرف عن العوالم أكثر منك لذلك يقوم بقيادة الأمور لأنه درس هذه الأشياء.

حازم: حتى أنتِ يا مريم منذ أن تعرفتِ عليه وأنتِ لا تتحدثين مع أحد غيره،

لقد كنا أصدقاء مدة تسع سنين وقربوا عشر

ولم أركِ تبتسمين تلك الابتسامة التي كنت تبتسمينها وأنت مع مالك،

هل أنا أقل من مالك بالنسبة لك لهذه الدرجة؟

أما أنا فكنت رئيس الصف (أ) وكان كل همي هو الحفاظ على سلامة طلاب فصلي وسعادتهم كنت أعتبرهم كأبناء لي،

وخاصة أنتِ يا مريم كنت دائمًا أحاول أن أكون معك صداقة حتى لا تكونين وحيدة لأنني أراكِ دائمًا تجلسين وحدك،

وكنت أحاول أيضًا أن أرسم البسمة على وجهك مدة ٩ سنين متتالية ومع ذلك لم تلاحظي أبدًا ما أفعله

وفضلتِ صداقة مالك على صداقتي،

لقد ابتسمتِ يا مريم مع مالك منذ أول لحظة قابلتيه بها،

ومع ذلك عندما جئت إلى عالم silverware

كنت أساعد كل رفاقي وفي النهاية لا يعجبون إلا بما يفعله مالك.

مريم: لا ليس كما تظن إن الأمر ليس إلا..

ثم أغلق حازم الخط لأنه شعر بأن ما ستقوله مريم مجرد تبرير لتثبت براءتها وبراءة مالك و باقي رفاقها

من الموقف وسيجعلونه هو المخطئ في النهاية،

حاولت مريم إعادة الاتصال بحازم ولكنه لم يرد،

وحاولت الاتصال بمالك ولكن هاتف مالك مغلق

فلم تجد حلًا سوى أن تنتظرهم حتى يأتون إلى عالم ziyolozic

انتظر حازم في الغرفة قليلًا حتى هدأ ثم خرج إلى رفاقه،

و جلس معهم ليتناول طعامه

مالك: لماذا تأخرت هكذا أخرتنا نحن بالنهاية.

حازم: لم يطلب منك أحد أن تنتظرني.

السيدة يارا: كفاكم عراكًا تناولوا طعامك بسرعة لنعد خطتنا.

الطلاب: حاضر.

لاحظت السيدة يارا على عيون حازم الانتفاخ من آثار البكاء،

ولكنها لم تكن تود أن تفاتحه بالأمر أمام أصدقائه، وبينما الطلاب يتناولون طعامهم لم تتوقف مريم عن الاتصال على هواتف الجميع،

ولم تستطع الصبر عليهم حتى يعودوا لأنها شعرت بالذنب حيال ما يحدث لحازم، لم يسمع أحد اتصال هاتفه لأنهم في غرفة والهواتف في غرفة أخرى،

وبينما كانت السيدة يارا ترتب المنزل سمعت صوت الهاتف الذي يرن وعندما قرأت الاسم وجدته رقم مجهول الهوية وبجوار هذه الكلمة موجود (عالم ziyolozic)

فردت على الهاتف إذ بها تتحدث إلى مريم

السيدة يارا: مرحبًا من المتصل؟

مريم: مرحبًا أنا مريم كنت أود التحدث إلى شخص يدعى حازم،

هل اتصلت على الرقم الصحيح؟

السيدة يارا: مرحبًا يا مريم أأنت صديقة مالك؟

مريم: أجل يا سيدتي أنا صديقته.

شكرًا سيدتي لاستضافتكِ أصدقائي عندكِ.

السيدة يارا: لا شكر على واجب.

مريم: هل حازم موجود في المنزل؟

السيدة يارا: أجل ولكنه يتناول طعامه،

هل يوجد شيء؟

مريم: لا يا سيدتي كنت أتحدث معه منذ قليل في موضوع مهم ولكن انقطع الاتصال بيني وبينه.

السيدة يارا: لاحظت أن حازم حزين جدًّا اليوم لذلك كنت أسأل إن حدث أي شيء،

كنت أود أن أسأله هذا السؤال ولكن عندما ينهي طعامه.

مريم: لا يا سيدتي إنه مجرد سوء تفاهم.

السيدة يارا: أعلم أن حازم يغير من مالك،

ولكن الأمر خارج نطاق سيطرته،

وهذه الغيرة نشأت عندما وجد حازم نفسه من شخص يحظى بكل الاهتمام إلى شخص منسي أمره.

مريم: معكِ حق نحن السبب في هذه الغيرة،

من رأيك هل أتحدث معه في الأمر؟

السيدة يارا: لا أرشح ذلك

أفضل أن تحدثيه وجهًا لوجه عندما تتقابلان.

مريم: أجل معكِ حق فحازم عنيد الشخصية.

السيدة يارا: جميعكم عنيدو الشخصية،

ولكن كنت أود أن أسألك سؤال،

كيف تتحدثين إليَّ من عالمك إلى عالمي عبر الهاتف؟

مريم لقد وجدت الطريقة في مختبر أبي وأخبرت مالك عنها،

ولكن للأسف لم أجد رقم العالم الأم.

السيدة يارا: العالم الأم؟

أنا ابني إيهاب هناك كم أنا فخورة بابني لأنه سافر عبر العوالم.

مريم: أعتقد أنه الآن في خطر.

السيدة يارا: أعرف ذلك

صحيح أن إيهاب في بعض الأحيان حسه الفكاهي يسيطر عليه، وأحيانًا أخرى خوفه يسيطر عليه

ولكنه شخص يعتمد عليه.

مريم: حسنًا يا سيدتي، وداعًا سأعتمد عليكِ في جعلكِ حازم سعيدًا.

السيدة يارا: وداعًا

واعتمدي عليَّ.

أغلقت السيدة يارا الخط مع مريم ثم ذهبت إلى الطلاب،

أنهى الطلاب تناول طعامهم وها هم جالسون ليعدوا خطتهم.

مالك: أظن أن جميعكم تعرفون الخطة ولكن دعونا نراجعها ثانيةً،

أولًا: يجب علينا أن نذهب إلى المكان الذي جئنا إليه عندما خرجنا من البوابة وللأسف أنا لا أتذكره.

حازم: أنا أعرف المكان ولكن لن أقول لك عنه.

مالك: كفاك حماقة وأنانية يجب أن يشارك كل واحد منا بالمعلومات التي يعرفها حتى نخرج من هنا سالمين.

حازم: ماذا أنا الأحمق الأناني؟

أنت يا مالك الأحمق الأناني تفضل نفسك على الجميع، عندما ركبنا الدوامة لم تكن تريد أن نأتي معكم ويجب أن يعلم رفاقنا أيضًا أنك تكلم مريم وحدك ولا تنادي أحد منا ليتحدث معها.

قاطع مالك حازم: مالك لا يوجد شيء من ما قلته حقيقي،

لماذا كنت تود الركوب معنا في الدوامة هذا أمر لا يخصك أنت من تدخلت في ما لا يعنيك وانظر إلى النتيجة ها هم أصدقاؤك يعيشون في عالم لا يعرفون فيه أحد بعيد عن عائلتهم، وما شأنك إن كنت أتحدث إلى مريم أم لا نحن نتحدث في أمور شخصية،

وأتمنى أن تتوقف عن التجسس عليَّ.

حازم: أنا لم أُرغم أصدقائي على الركوب إلى الدوامة بل ناداهم المعلم أشرف بعد أن دخلنا إلى المعمل،

ولا يوجد شيء هنا اسمه أمور شخصية نحن الآن محتجزون في هذا العالم، ولا نعرف شيء عن أصدقائنا ومن حقنا أن نطمئن عليهم كما تفعل،

كل هذا يحدث وتقول عني أنا الأناني،

منذ أن جئنا إلى هنا وأنت لا تريد من أحد أن يتحدث،

أنت من تخطط وأنت من تقود وأنت تفعل كل شيء.

مالك: أنا لا أرى أحد هنا يعرف عن العوالم أكثر مني،

إن كنت تعرف فهيا قدنا وخطط لنا وعلمنا كيف نفتح الدوامة.

أوقفت السيدة يارا العراك بين مالك وحازم.

حازم: أنا لن أعود معكم عودوا وحدكم.

ثم دخل إلى الغرفة،

تحدثت السيدة يارا إلى مالك وأخبرته بما يشعر به حازم،

شعر مالك بالذنب لأنه لم يراعِ مشاعر صديقه،

اقترحت السيدة يارا أن يدخل مالك إلى حازم ويراضيه،

عندما دخل مالك الغرفة وجد حازم مستلقٍ على السرير ضامًا قدميه إلى بطنه مغمضًا عينيه ولكن دموعه لا تزال على خده،

علم مالك أنه ما زال مستيقظًا.

مالك: استيقظ أعلم أنك غاضب مني؛

لأنك تظن أنني أحاول إظهار نفسي ولكن لا تنسِ أنك من جعلت أصدقاؤك يخوضون مغامرة رائعة مثل هذه،

ولا تنسِ أنك من جعلت ماهر يساعدنا في جمع المعلومات،

ولا تنسِ أنك من ستساعدنا في الخروج من هذا العالم.

ثم بدأ يشجعه على النهوض لإنقاذ أصدقائه ومعلمه،

وأنهى مالك كلامه قائلًا: عندما راجعت أحداث مغامرتنا هنا في هذا العالم اكتشفت أنك البطل الحقيقي هنا، أنا حقًّا أتمنى أن تكون لي تلك الشخصية الجريئة التي تستطيع التصرف في كل المواقف.

وبالفعل أثر كلام مالك على حازم وتصالحا

بل صارا أفضل صديقين،

ثم خرجا إلى رفاقهم وأعدوا خطتهم وانتظروا حتى أتى المساء حتى يظهر نجم maliz ويكون الجو مضيء،

ها قد حل المساء اقترب وقت العشية قاد حازم أصدقائه إلى المكان،

أحد الطلاب: هيا يا مالك أخرج الورقة بسرعة.

أخرج مالك ورقة

كتب في هذه الورقة التعويذة النجمية،

بدأ مالك في قراءة التعويذة:-

" الليلة قمرية وشمسية مصبحة وممسية maliz تظهر بالنهار وبالعشية وتأتي مرتين أسبوعية وخمسة يومية maliz يا نجم النهار والليل افتح بوابتك واذهب بنا إلى ziyolozic "

وعندما أنهى مالك فتحت البوابة و دخلوا إليها جميعًا،

تشبث كل واحد منهم بالآخر حتى إذا انقسمت البوابة هذه المرة لا يتفرقوا،

ولكن كانت البوابة مفتوحة هذه المرة بنظام موجود في الطبيعة وهو " النجوم "

أي لن يسحب أي أحد رغمًا عنه ولن يتواجد أي خلل في النظام،

كانت مريم على اتصال مع أصدقائها وعندما وصلوا وصفوا لها مكانهم،

ذهبت عمتها لاستقبالهم

اصطحبتهم عمة مريم من الطرق الضيقة التي لا يعبرها أحد؛

حتى لا تراهم أي بعثة من البعثات،

عندما وصلوا إلى المنزل استقبلتهم مريم استقبالًا حارًا حتى أن عينيها كادت تدمع من شدة الفرح،

استضافت السيدة إسراء عمة مريم الطلاب

بعد أن أنهوا طعامهم، جلسوا جميعهم في حديقة المنزل ليتأملوا النجوم.

مالك: انظري يا مريم هذه النجوم التي يراها سكان عالمنا مجرد أشياء تشع في سماء كانت سببًا في خروجنا من عالم silverware من بعد فضل حازم طبعًا.

بدأ الجميع بالضحك وهم في لحظات سعيدة،

بينما كان الطلاب يعيشون هذه اللحظات

كانت السيدة يارا والسيدة إسراء يتحدثان عن مدى أن الأولاد في هذه الأيام مهملين ولا يهتمون بأشيائهم وغير مطيعين.

السيدة إسراء: أنا ذاهبة لأذكرهم بميعاد نومهم.

دخل جميع الطلاب إلى غرفهم

ولكن طلبت مريم من حازم الجلوس معها قليلًا لأنها تود أن تحدثه قليلًا.

مريم: علمت أنك تصالحت مع مالك.

حازم: أجل تصالحنا لأنه أخيرًا اعترف بوجودي.

مريم: جميعنا كنا نعترف بوجودك،

هل ما زلت غاضبًا مني؟

حازم: أنا لم أكن غاضبًا منكِ.

مريم: حقًّا؟

حازم: قليلًا فقط،

شكلك هكذا جميل.

مريم: شكرًا لك.

حازم: لم يصدق أحد من الطلاب أنك أنتِ مريم.

السيدة إسراء: هيا ادخلا وناما مبكرًا لأن لدينا أعمال كثيرة في الغد.

لقد عم السكون في ziyolozic بأكملها

دعونا الآن نرى ما الذي يحدث في العالم الأم،

لحق أشرف والطلاب بإيهاب

لأنه كان يمشي بكل بطء يشعر بالخوف والقلق ويشعر أنه تائه،

حتى لحقوا به وتغير كل شيء.

أشرف: إيهاب هيا تعال بسرعة تغيرت خطتنا لنذهب مباشرة إلى مقر فتح الدوامات، ليس من الداعي أن نذهب إلى تلك الأماكن التي قلت لك عنها لأني حصلت على كل المعلومات التي كنت أودها،

هيا لنذهب من الطرق المختصرة.

إيهاب: أكان هناك طرق مختصرة وأنت كنت تود مني أن أمر بتلك الأماكن التي لا أعرف عنها شيء؟

أشرف بمزاح: ماذا ألا تحب خوض المغامرات؟

إيهاب: أي مغامرات؟

نحن سنقتل،

انظري إليَّ يا أمي ابنكِ يجري هربًا من أناس يودون قتله.

أشرف: يجب أن تكون أمك فخورة بك الآن.

إيهاب: أتعلم يا أشرف بالرغم من أن أمي قد تستغني عني وتتمسك بالغطاء، ولكن ما زلت أعترف أنها أفضل وأطيب وأحن أم رأيتها في حياتي.

أشرف: كم أنت ابن بار

بارك الله فيك.

إيهاب: تتحدث مثل الكبار.

أشرف: أنا عمري خمسة وثلاثون عامًا.

إيهاب: ماذا أنت تبدو وكأنك من سني،

أنا عمري عشرين

من يراك يجري هكذا يظن وكأنك ما زلت في الخامسة عشر.

أشرف: ليس لهذه الدرجة

حتى وإن كان عمري مئة عام فستظل تسري روح المغامرة في دمي.

وصلوا أخيرًا إلى مكان فتح الدوامات ودخلوا في دوامة عالم ziyolozic ووصلوا بكل يسر

وذهبوا إلى منزل أخت أشرف، وطرقوا على باب المنزل استيقظت السيدة يارا فزعًا ظنًا منهم أنها بعثة من بعثات الحاكم.

السيدة اسراء خلف الباب: من الطارق؟

أشرف: افتحي يا إسراء أنا أخوكِ.

السيدة اسراء متفاجئة لأنها لم ترَ أخوها منذ عشر سنين فتحت السيدة اسراء الباب باستعجال دخل أشرف و الطلاب وإيهاب،

ألقت السيدة اسراء نفسها في حضن أخيها وهي تبكي بصوتٍ عالٍ

أشرف: أنت تبكين مثل الصغار.

إسراء: أنا أختك الصغيرة ما زال عمري عشرين.

أشرف: لا أصدق أنه مرت عشر سنين ولم أراكِ.

إسراء: عند ظهور إشاعة قتلك وضعت نفسي تحت الأمر الواقع،

وهو أن هذا قدرك ولكن كل ما كان يحزنني من بعد فراقك،

جثتك أنت وابنتك التي لم يعرف أحد بعدها ماذا حل بهما.

أشرف: أنا آسف أني أقلقتك لم أضع حسبانًا أني لن أستطيع العودة قط،

السيدة إسراء لا يهم المهم أنك عُدت سالمًا وبينما كان هذا الحوار دائرًا بين أشرف وأخته كان هناك حوار آخر بين إيهاب وأمه،

عانق إيهاب أمه باشتياق

ثم قبَّل على رأسها ويدها.

تدخل أشرف بمزاح: لقد أضاع الغطاء يا سيدة يارا ولكنه سينقذ المجرة.

السيدة يارا: لا يهم الغطاء يا بطلي.

أشرف: أين ابنتي مريم وأين مالك والطلاب؟

السيدة إسراء: إنهم نائمون.

دخل أشرف الغرفة التي ينام بها الطلاب الصبيان واطمأن عليهم،

ثم ذهب ليطمئن على ابنته مريم،

بدأت عينا أشرف بالبكاء لأنه أخيرًا رأى ابنته وقبَّل على رأسها وعلى يدها، ولم يوقظها من نومها حتى لا يزعجها ثم خرج أشرف وأعدت له أخته اسراء طعامه ثم خلدوا جميعًا إلى النوم.

دعونا الآن نرى ما الذي حدث مع شريف،

حان الوقت لينفذ شريف والحكام خطتهم،

وقاموا بشراء الحراس حتى البعثة التي أرسلها حاكم عالم ziyolozic لمنزل السيدة إسراء قاموا بشرائها و ألغوا خروجها

وقام حاكم عالم silverware بإرسال الحراس إلى حاكم عالم ziyolozic ليخبرونه أنه يوجد اجتماع اليوم الساعة الثانية عشر

حتى يغتنموا الفرصة ويقتلونه،

وقاموا بسجن نائبه بينما في الجانب الآخر

حاكم عالم ziyolozic يحدث ماهر عبر الهاتف أخبره ماهر بكل الأحداث التي حدثت منذ البداية حتى عودة مالك إلى منزل إسراء.

حاكم عالم ziyolozic: لقد طلبوني اليوم الساعة الثانية عشر للاجتماع

لذلك سأستغل الفرصة اليوم وأنفذ خطتي،

راقب أنت هؤلاء الحمقاء حتى تتجهز الفرقة وتذهب إليهم.

ماهر: ألن تراجع الخطة مع حُراسك؟

حاكم عالم ziyolozic: لقد راجعتها معهم من قبل

ولكن كن مستعدًا إن حدث أي شيء فسأعطيك إشارة.

ماهر: عُلم يا سيدي.

قام حاكم عالم ziyolozic و هو لا يعرف أن الحراس استغنوا عن العمل تحت امرته،

ها قد أتت الساعة الثانية عشر،

كان يظن حاكم عالم ziyolozic أن الحراس ينتظرون في مقر الاجتماع ليقوموا بتنفيذ الخطة،

دخل بكل ثقة وأعطى اشاره فلم يتحرك أحد بل بدؤوا جميعًا بالاتجاه نحوه للهجوم عليه وبضغطه زر واحد فُتحت بوابة كبيرة خرج منها جيش كبير، واشتد القتال بين الجميع مات جميع حكام العوالم، ومات جميع الحراس لا زال حاكم عالم silverware على قيد الحياة هو وشريف

حاكم عالم ziyolozic مصاب في كل مكان ولا يستطيع التحرك وعلى الأرجح سيموت ولكنه لا زال يلتقط أنفاسه وأخرج جهاز من جيبه وضغط على زره خرج ماهر ومعه جيش كبير

حمل حاكم عالم silverware شريف وجرى بأقصى سرعته

وخرجوا من المكان، وعندما لحق بهم الجيش بقيادة ماهر

تصدر الحراس الاحتياطيون في طريق الجيش ولكنهم قتلوا جميعًا،

أكمل ماهر طريقه،

خطرت في بال حاكم عالم silverware فكرة فهم الآن بجوار نهر Enked .

حاكم عالم silverware يخاطب شريف: أتستطيع السباحة؟

شريف: تقريبًا.

ألقى حاكم عالم silverware شريف في نهر

ثم قتل من قبل رصاصة أطلقها عليه ماهر،

الآن شريف تحت أحد الجسور

كان يظن شريف أن حاكم عالم silverware حماه لأنه لديه خطة ولم يكن يعلم أنه كان يبحث له عن مكان آمن؛

لذلك راود شريف سؤال وهو: إن كان سيضحي حاكم عالم silverware بنفسه في النهاية

لما لم يجعل شريف يستخدم وينهي الأمر، علم شريف في ذلك الوقت أنه كان لعالم silverware خطة،

وفعلًا اكتشف في ما بعد أنه إذا استخدم الجهاز أمام ماهر فسيلحق به ويعلم أنه سافر عبر الدوامات لذلك رماه في النهر ليستخدم الجهاز كما يشاء ويظل ماهر يبحث عنه في العالم الأم،

وبسرعه أخرج شريف الجهاز وانتقل به إلى عالم ziyolozic

وذهب إلى منزل السيدة إسراء وطرق على الباب في هذه اللحظة استيقظ جميع من في المنزل وهنا قد تفاجأ الطلاب ومريم من أن أشرف قد عاد، ولكن لم يكن هناك فرصة للترحاب لأن أشرف بادر بسؤال جميع الموجودين في المنزل إن كانوا ينتظرون أحد ولكنهم أجابوا: لا.

ظن أشرف في ذلك الوقت أنها بعثة أرسلها حاكم عالم ziyolozic للقبض على كل من يعلم بأمر الدوامات،

ظن ذلك لأنه لم يكن يعرف أنه تم إلغاء خروج البعثة،

فاقترب من الباب ببطء وقال: من الطارق؟

شريف: معلمي افتح الباب أنا شريف.

فتح أشرف الباب بسرعة وهو في صدمة لم تكن الصدمة من شيء مهم بل كانت لأنه نسى أمره فقط.

أشرف: شريف لقد نسيت أمرك هل أنت بخير؟ ماذا حدث معك؟

شريف: لا تقلق يا معلمي لقد تدبرت الأمر.

ثم حكى له كل ما حدث وأخبره عن ماهر وعن أنهم يجب أن يتصرفوا حيال أمره، وأثناء محادثتهم سمعوا صوت انفجار قوي عند مركز ziyolozic خرج الجميع مسرعين نحو المركز

حتى أن مريم لم تستطع أن تعانق والدها العناق الذي كانت تود أن تعانقه إياه،

وعندما وصلوا إلى المركز وجدوا أنه ماهر يوجد معه أجهزة عملاق يدمر بها كل المنازل بلا رحمة،

خرج جميع الناس في هلع وتجمعوا عند صوت الانفجار ليروا ماذا حدث، نظر أشرف إلى شريف وقال له: ألم تقل لي أنه لا يعرف مكانك وأنه يبحث عنك الآن في العالم الأم؟

شريف: أنا لا أعرف ماذا حدث يفترض أنه في العالم الأم الآن.

سمع ماهر كلامهما فأجاب على أسألتهما قائلًا: أنت هنا إذن أيها الفتى،

كيف عدت إلى هنا؟ لقد شددت الحراسة عند مكان فتح الدوامات،

لا يهم أنا لا يهمني مجيئك إلى هنا لا أنت ولا أحد مِن مَن معك،

فلا أحد منكم يستطيع إيقافي.

ثم أكمل طريقه هو وتلك الآلات التي معه يدمر في المنازل بلا رحمة وكان سببًا في هلع الأطفال والنساء والصبية الصغار أساس المستقبل،

فمن السنة عن الرسول والصحابة من آداب الحرب خمس أشياء وأوصى بها أبو بكر الصديق جيوشه عندما تولى الخلافة بعد أن توفى الرسول صلى الله عليه وسلم

– عدم الإغارة ليلًا حتى لا تروع النساء والأطفال.

– عدم قتل الأطفال والشيوخ والنساء.

– عدم هدم البيوت والمعابد.

– عدم التعرض للرهبان المتفرغين للعبادة في الصوامع.

– عدم حرق الزرع أو قطع النخل.

يبدو أن ماهر لم يكن يحضر حصة الدين في المدرسة ولكن دعونا نرى ماذا حدث،

وفي الوقت ذاته كان الناس في ziyolozic مهلوعين لعدة أسباب:-

الدمار الذي أصبحوا فيه،

الهجوم المفاجئ،

وجدوا أن أشرف وابنته مريم لا زالوا على قيد الحياة؛

لذلك تجمع بعض حكماء ziyolozic ليستفسروا من أشرف عن ما حدث

فقال لهم أشرف عن كل شيء،

وعندما أقول في القصة كل شيء أعني منذ أن كان يحاول أشرف إثبات أنه يوجد عوالم موازية حتى اللحظة التي يتحدثون بها، قال حكيم من حكماء ziyolozic: والآن ماذا سنفعل؟

أشرف: دعونا أولًا نذهب إلى منزل هشام وبعدها سنرى ماذا سنفعل؟

يتبع..

الخاتمة..

نهاية وليس للحديث نهاية مررنا بمغامرات وبعد أن أنجزنا القول في هذه الرواية سعدت بقراءتكم، وأتمنى أن تحسن آراءكم وتنال إعجابكم،

وكم أتمنى منكم أن تترحموا على والدي وجميع أمواتنا لعلي ولعلكم نأخذ الأجر.